AF280982

Elisabeth Weber

Blinde Fische

Ernstes, Heiteres und Kurioses

Geschichten

Elisabeth Weber

Blinde Fische

Ernstes, Heiteres und Kurioses

Geschichten

Impressum

Bibliografische Information der Deutschen
Nationalbibliothek:
Die Deutsche Nationalbibliothek verzeichnet diese
Publikation in der Deutschen Nationalbibliografie;
detaillierte bibliografische Daten sind im Internet über
http://dnb.dnb.de abrufbar.

Blinde Fische
© 2023 Elisabeth Weber
Preis: 9,99 Euro

Lektorat: Volker Weber
Umschlaggestaltung: Marian Weber

Herstellung und Verlag: BoD – Books on Demand,
Norderstedt

ISBN: 978-3-7578-5423-2

Für meine Kinder und Enkelkinder

Trau Dich, sei mutig!
Kein Übel ist so schlimm,
wie die Angst davor.
(Seneca)

Inhalt

Anhang (Rezepte)

Vorwort

Was es mit den ominösen blinden Fischen, geflügelten Wesen und anderem Getier auf sich hat, mit wem ich wann und wo ein Rendezvous hatte oder wen Sie beim Tautreten im Morgengrauen beobachten können, erfahren Sie in diesem Buch.

Ob nachdenklich, komisch oder skurril – ich hoffe, das bunte Sammelsurium aus persönlichen Erinnerungen und Kurzgeschichten hält für jeden etwas bereit. Und selbst, wenn Sie „Reizwäsche" oder eine „Blutige Erinnerung" weniger interessieren, blättern Sie einfach weiter zur nächsten Geschichte. In der können Sie beispielsweise erfahren, warum eine Mogelpackung durchaus etwas Gutes sein kann und ob es sich bei Zwiebelmilch tatsächlich um ein Getränk handelt. Ach übrigens: Sollten Sie beim Lesen der einen oder anderen Episode Appetit bekommen, schlagen Sie einfach eines der ausgewählten Rezepte am Ende des Buches nach. Davon werden Sie zwar noch nicht satt, bekommen aber vielleicht Lust, eines davon nachzukochen. Und so wünsche ich Ihnen beides: Ganz viel Lesevergnügen und gutes Gelingen!

Hommage an Gina

Wenn Sie bei dem Namen „Gina" unwillkürlich an die großartige Schauspielerin Gina Lollobrigida denken, ist das zwar verständlich, aber Sie liegen trotzdem völlig falsch. Nein, nicht der italienische Filmstar soll hier gewürdigt werden. Vielmehr geht es um meine Mutter, die Großmutter meiner Kinder, die sie liebevoll Oma Gina nannten. Getauft wurde meine Mutter nur wenige Tage nach ihrer Geburt Anfang Juni 1913 auf den schönen Namen „Regina", der bekanntlich aus dem Lateinischen stammt und „Königin" bedeutet. Zu verdanken hatte sie diesen Namen, wie es zu Beginn des 20. Jahrhunderts gang und gäbe war, ihrer Patin, einer Verwandten aus dem Nachbarort. Meine Mutter muss diese Frau sehr gemocht haben, denn sie erzählte, dass sie in ihrer Kindheit oft ins vier Kilometer entfernte Nachbardorf gelaufen war, um ihre Patin Regina zu besuchen. Der Name - man beachte den Wohlklang der Vokale –RE-GI-NA -, wurde natürlich gehörig verhunzt: Zu Hause wurde das Mädchen von den Eltern und Geschwistern „Reginchen" genannt. Mit dem Älterwerden verschwand das „chen" und man rief sie nur noch „Regin". Dass ihre Enkelkinder sie später beinah zärtlich „Oma Gina" nannten, hörte sie gern. Wenn sie aus ihrem Leben erzählte, fasste sie es in etwa so zusammen: „Ich wurde 1913 unterm Kaiser geboren, bin im Ersten Weltkrieg aufgewachsen und habe die schlechten Zeiten nach dem Krieg bis hin zur Weltwirtschaftskrise in meiner Jugend mitgemacht. Unter Hitler habe ich dann geheiratet, den Zweiten Weltkrieg erlebt, in dem zwei meiner Brüder gefallen sind und zwei meiner Kinder starben. Dann habe ich unter Walter Ulbricht gelebt und gearbeitet, später unter Erich Honecker. Und nun? Nun erlebe ich auch noch den Kohl als Kanzler." Kann man 80 Jahre deutscher Geschichte kürzer zusammenfassen? Das Leben ist Veränderung. Nichts bleibt, wie es ist. Das war ihr Credo. Wieso hatte ich eine ganze Weile gedacht, dass es in meinem Leben keine einschneidenden Veränderungen (mehr) gibt?

Wunschberuf?

Als meine Mutter ihre Berufstätigkeit begann, war sie erst dreizehn Jahre alt. Sie wurde zu Ostern nach achtjährigem Schulbesuch aus der Schule entlassen, aber Anfang Juni erst vierzehn. Das bedeutete für sie den sofortigen Einstieg ins Erwerbsleben, denn eine Ausbildung im heutigen Sinn absolvierte sie nicht. Sie wurde im wahrsten Sinn des Wortes in die ortsansässige Zigarrenfabrik gesteckt und musste von da an, Tag für Tag, ihr ganzes Leben lang, Zigarren oder Zigarillos rollen. Natürlich lernte sie ihren Beruf von der Pike auf und niemand konnte ihr in Punkto Tabak etwas vormachen, aber sie erwarb keinen Berufsabschluss. Erst sehr viel später wurde ihr und ihren Kolleginnen auf Grund ihrer langjährigen Erfahrungen der Facharbeiterstatus zuerkannt. Ihr ganzes langes Arbeitsleben brachte sie in ein und derselben Zigarrenfabrik zu. Obwohl die Firmennamen wechselten, blieb ihr Arbeitsplatz immer derselbe, die Tätigkeit immer dieselbe. Ich sehe sie noch an ihrer „Stehde" sitzen, dem speziellen Arbeitstisch der Zigarrenroller, ganz vertieft in ihre Arbeit, die sehr große

Fingerfertigkeit, enorme Schnelligkeit und vor allem auch Ausdauer verlangt. Eine Zeit lang übte meine Mutter diese Tätigkeit auch in Heimarbeit aus, damit sie meinen kranken Vater zu Hause betreuen konnte. Das bedeutete für sie, dass sie oft bis spät in die Nacht hinein Zigarren rollte, denn am Tag hatte sie ja mit der Pflege meines Vaters zu tun. Also verschob sich die Arbeitszeit in die Abend- und Nachtstunden, bis sie ihr Pensum geschafft hatte. Der würzige Tabakgeruch zog durch unsere ganze Wohnung, machte sich überall breit, war zu riechen, fast zu schmecken. Geraucht wurde natürlich auch in unserem Haushalt, schließlich bekam ja jede Zigarrenarbeiterin ein monatliches Deputat in Form von Zigarren, Zigarillos und Zigaretten. Daher verbreitete sich nicht nur der Duft des Tabaks, nein, auch dicke Rauchschwaden waberten von Zeit zu Zeit durch Küche und Stube. Ob Java, Havanna, Sumatra, Brasil oder Virginia – die Namen der Tabaksorten waren meiner Mutter ein Leben lang geläufig, damit kannte sie sich aus. Mir klangen diese Namen wie Musik in den Ohren und ich träumte von Kuba, Indonesien und anderen, ach so fernen Ländern, aus denen der Tabak kam. Ob es meiner

Mutter genauso ging, ob auch sie das Fernweh plagte, das weiß ich nicht. Wir haben nie darüber gesprochen. Als ich vor ein paar Jahren Kuba bereiste und dabei auch eine Zigarrenfabrik besuchte, stellte ich mir vor, meine Mutter wäre dabei gewesen. Ich glaube, ohne dass sie ein Wort Spanisch gesprochen hätte, wäre sie mit den Zigarrenarbeiterinnen ganz schnell „ins Gespräch" gekommen. Und am Ende hätte sie wahrscheinlich selbst an deren Arbeitsplatz gesessen und hätte eine echte „Havanna" gerollt. Gelernt ist eben gelernt!

Wunschberuf!

Mutters eigentlicher Wunschberuf, von dem sie wahrscheinlich ein Leben lang träumte, war Krankenschwester. Sie erzählte immer wieder davon, dass sie als fünftes von acht Kindern, aus einfachen familiären Verhältnissen stammend, keine Chance bekam, diesen Beruf zu erlernen. Noch dazu kam, dass ihr als Mädchen im Gegensatz zu ihren Brüdern von vornherein keine großen beruflichen Ambitionen zugestanden wurden. Ihre Aufgabe sah man in diesen Zeiten eher darin, als Hausfrau und Mutter zu wirken und zusätzlich noch Fabrikarbeit zu leisten. Und diese Arbeit bestimmte ihr ganzes Leben, hielt sie aber nicht davon ab, eine Familie zu gründen. Sie bekam fünf Kinder, von denen zwei im Säuglingsalter starben, was sie zeitlebens nicht verwinden konnte. Ihre anderen drei Kinder zog sie liebevoll, aber auch mit der nötigen Strenge auf, kümmerte sich um Haus und Garten und alles, was sonst noch in einer fünfköpfigen Familie zu tun war.

Aber ihre Leidenschaft für die Krankenpflege und alles, was damit verbunden ist, ließ sie trotzdem ihr ganzes Leben lang nicht los. Sie umsorgte natürlich im Krankheitsfall alle Familienmitglieder vorbildlich, half aber auch Nachbarn und Freunden, wenn Not am Mann war. Außerdem engagierte sie sich beim Deutschen Roten Kreuz, besuchte Erste-Hilfe-Kurse und konnte so ihre Begabung wenigstens ein bisschen ausleben.

Denn begabt war Mutter in Gesundheitsfragen wirklich: Wunden versorgen, Verbände, Umschläge und Wickel anlegen, diverse Diäten verabreichen, eben Fürsorge walten lassen; das war ihre Profession. Ich hätte sie mir sehr gut als Oberschwester Regina in einer Krankenhausabteilung vorstellen können. Couragiert wie sie war, hätte sie dort „den Laden geschmissen". Beliebt bei Patienten und Mitarbeitern, aber ganz gewiss auch ein wenig gefürchtet.

Blinde Fische

Meine Mutter aß leidenschaftlich gern. Eigentlich gab es nichts, was sie verschmähte. Das schien daher zu rühren, dass sie in den schlechten Zeiten, die sie erlebte, froh war, überhaupt etwas zu essen zu haben. Trotzdem frönte sie einer Essleidenschaft, die für mich und sicher für die allermeisten Menschen nicht unbedingt nachvollziehbar ist: Sie aß Fischaugen! Wenn sie also als Kind losgeschickt wurde, um im örtlichen Kolonialwarenladen Heringe für das Mittagessen einzukaufen, gab es für sie nichts Schöneres, als auf dem Heimweg die Heringsaugen herauszupulen und genüsslich zu verspeisen. Zu Hause wurde sie natürlich von ihrer Mutter, meiner Großmutter Else, dafür getadelt. Aber auch beim nächsten Heringskauf konnte meine Mutter der Verlockung nicht widerstehen, und die Heringe landeten wieder „blind" auf dem Küchentisch meiner Großmutter und harrten so ihrer Weiterverarbeitung. Da in diesen Zeiten Hering und Pellkartoffeln sehr oft auf dem Speiseplan standen, es war ein typisches „Armeleuteessen", war daher der ständige Ärger mit dem „heringsaugenessenden" Kind vorherbestimmt. Zum Eklat kam es aber erst, als eines Tages eine der Nachbarinnen meine Mutter bat, auch für sie Heringe einzukaufen. Und so kam es wie es kommen musste:

Hin- und hergerissen zwischen dem festen Vorsatz, sich diesmal ganz gewiss nicht an den fremden Fischen zu vergreifen und der gleichzeitig wachsenden Gier nach der vermeidlichen Delikatesse machte sich Klein-Regina auf den Heimweg. Unterwegs aber wurde der Drang einfach unwiderstehlich, doch ein paar der Heringsaugen zu probieren. Sie überlegte krampfhaft, wie sie es anstellen könnte, Heringsaugen zu naschen, ohne dass es die Nachbarin merkt. Da kam ihr die geniale Idee, von jedem Fisch nur jeweils ein Auge zu verspeisen und die Fische so einzupacken, dass es auf den ersten Blick nicht auffiel. Aber wie heißt es so schön: Der Geist ist willig, das Fleisch ist schwach! Nach und nach wurden alle Fische ihre beiden Augen los, nur ein einziger schaute noch mit einem Auge traurig aus dem Zeitungspapier, ehe er endgültig eingewickelt wurde. Natürlich plagte die kleine Naschkatze das schlechte Gewissen: Würde die Nachbarin die „blinden Fische" bemerken und sie ihr vielleicht sogar vor die Füße werfen? Und dann erst der Ärger mit der Mutter, die sie bestimmt tüchtig ausschimpfen würde. Aber es half nichts. Sie musste den Einkauf der Nachbarin bringen, die ja schon darauf wartete. Die wunderte sich nur, dass es das Nachbarsmädchen sehr eilig hatte und gar nicht wie sonst, auf eine kleine Belohnung erpicht war. Etwas später, die Heringe waren längst zubereitet, trafen sich die Nachbarin und meine Großmutter auf der Straße: „Sag mal Else, die Heringe haben wohl neuerdings keine Augen mehr?" fragte die Nachbarin und lächelte dabei verschmitzt. „Oh je, dieses Kind, hat mal wieder die Fischaugen gegessen!" jammerte meine Großmutter und schämte sich für die ungewöhnlichen Gelüste ihrer Tochter. Sie schimpfte Regina zwar tüchtig aus, aber so richtig böse sein konnte sie ihr trotzdem nicht. Fortan aber schickte sie lieber eines ihrer anderen Kinder zum Heringskauf.

Jahre später, als ich ein Kind war, sah ich meiner Mutter oft beim Ausnehmen der Salzheringe zu. Dabei war ich hin- und hergerissen zwischen Faszination und Ekel ob dieser Tätigkeit. Im Nachhinein bin ich auch davon überzeugt, dass meine Mutter ab und zu eines der Fischaugen aß.

Bewusst kann ich mich aber nicht daran erinnern. Ich habe noch nie Fisch ausgenommen. Trotzdem gibt es bei uns heute Heringssalat, den mein Mann ganz vorzüglich zubereitet. Und von Fischaugen ist weit und breit nichts zu sehen. (Rezept im Anhang)

Als der Krieg zu Ende war

Im April 1945 war die Sehnsucht der Menschen nach Frieden groß. Auch die Bewohner des kleinen eichsfeldischen Dorfes unweit der hessischen Grenze hofften auf das Ende des Krieges, der sie zwar mit Zerstörung verschont hatte, sie aber vor bitterem Leid, den der Tod vieler ihrer Männer, Väter, Söhne oder Brüder mit sich brachte, nicht bewahrte. So sehnten sie das Kriegsende herbei, das dem sinnlosen Sterben endlich ein Ende bereiten sollte. Gleichzeitig schauten sie voller Bangen in die Zukunft und fürchteten wohl auch die Rache der Sieger.

Auch meinen Eltern erging es so. Zwei Brüder meiner Mutter waren bereits in diesem schrecklichen Krieg gefallen, von den anderen drei, die sich auch im Krieg befanden, hatte sie schon sehr lange nichts mehr gehört. Mein Vater war auf Grund körperlicher Einschränkungen nicht zum Wehrdienst einberufen worden.

Nichtsdestotrotz wurde er zum Arbeitsdienst in einem Rüstungsbetrieb, dem sogenannten „Gerätebau", einem Zweigbetrieb der Uhrenfabrik Ruhla, verpflichtet. Dort, gut getarnt im

Mühlhäuser Stadtwald gelegen, fertigte man Zünder für die verschiedensten Waffen an. Der größte Teil der Beschäftigten waren Zwangsarbeiterinnen aus der Ukraine, aus Polen, Ungarn und Russland. Immer wieder erzählte mein Vater meiner Mutter von den furchtbaren Bedingungen, unter denen diese aus ihren Heimatländern verschleppten Mädchen und Frauen arbeiten und leben mussten. „Also wenn die Russen hier bei uns einmarschieren und euch Frauen so behandeln, wie diese Frauen behandelt werden, dann Gnade euch Gott." Eigentlich durfte mein Vater über das in der Rüstungsfabrik Erlebte nicht sprechen. Aber konnte er das, was sich dort abspielte, so einfach für sich behalten? „Sprich mit niemandem darüber, hörst du, mit niemandem", schärfte er meiner Mutter immer wieder ein, „sonst bin nicht nur ich, sondern auch du wegen Feindpropaganda in Gefahr". Noch dazu wo mein Vater begann, den Frauen, mit denen er unmittelbar zusammenarbeitete, das eine oder andere Mal ein Stück Brot oder einen Apfel zuzustecken. Meine Mutter wunderte sich nur, dass mein Vater, der eigentlich kein guter Esser war, neuerdings größere Mengen an Frühstücks- oder Vesperbroten mitnahm und davon auch kein Krümelchen wieder mit heimbrachte. Irgendwann tauchte, woher auch immer, ein Russischwörterbuch in unserem Bücherschrank auf. Mein Vater las am Abend darin und prägte sich die eine oder andere Vokabel ein, um sich mit den Frauen besser verständigen zu können. Er wusste ganz genau, dass ihm auch das zum Verhängnis werden konnte, denn Gespräche mit den Zwangsarbeiterinnen waren ihren deutschen Kollegen streng verboten.

Mittlerweile rückte das Osterfest des Jahres 1945 heran. Meine Eltern, die regelmäßig den sogenannten „Feindsender" Radio London hörten, wussten daher, dass in den nächsten Tagen die Amerikaner in Thüringen einmarschieren würden. „Was wird uns dieser Einmarsch bringen? Wird es zu Kämpfen kommen und damit auf den letzten Metern des Krieges noch zu Toten und Verletzten? Werden vielleicht ganz zum Schluss noch unsere Häuser oder Wohnungen zerstört?" Diese bangen Fragen bewegten nicht nur meine Eltern. Doch besonders für meine Mutter waren diese Tage voller Angst, denn sie war im vierten Monat schwanger und lebte in ständiger Sorge um das Ungeborene. Hatte sie doch zuvor in den

Kriegsjahren 1942 und 1944 zwei Kinder verloren. Einen Jungen, der im Alter von sieben Monaten an einer angeborenen Gelbsucht starb und ein Mädchen, das nach nur vier Wochen eine Brustentzündung der Mutter mangels anderer Ernährung nicht überlebte.

Als am zweiten Ostertag dann tatsächlich amerikanische Soldaten aus dem Hessischen kommend das Dorf einnahmen, gab es zum Glück keinen Widerstand und daher auch keinerlei Kampfhandlungen im Ort. Dass die Besetzung des Dorfes auch ganz anders hätte ausgehen können, zeigte das Beispiel eines Nachbarortes, in dem es in diesen letzten Kriegstagen im April 1945 noch zu schweren Kämpfen und damit zu erheblichen Zerstörungen und auch zu Todesopfern kam.

Die Amerikaner übernahmen nun als Besatzer die Macht. Sie quartierten sich ein, wo es ihnen gefiel, und warteten auf weitere Befehle „von oben". Die Leute im Dorf sahen zum ersten Mal in ihrem Leben Menschen mit schwarzer Hautfarbe und hörten die für sie so fremde Sprache. Die Kinder freundeten sich schnell mit den Soldaten an, schenkten sie ihnen doch manchmal das noch beinah unbekannte und daher so begehrte

Kaugummi oder ließen sie auf ihren Militärfahrzeugen mitfahren.

Meine Mutter sah das aber nicht gern, machte sie sich doch wieder Sorgen um ihren „Großen" ihren siebenjährigen Sohn, der mit den Kindern aus der Nachbarschaft den ganzen Tag draußen spielte. Befeuert wurde die Angst vor allem dadurch, weil der Sohn ihrer Schwester, also ihr Neffe, bei einem Tieffliegerangriff ein Auge eingebüßt hatte. Außerdem zogen gemäß den Vereinbarungen der Alliierten im Juni 1945 die Amerikaner bald wieder ab und die Russen übernahmen in Thüringen das Kommando. Mit den amerikanischen Soldaten hatte man sich arrangiert. Was würde die neue, die russische Besatzungsmacht bringen? Meine Mutter fand keine Ruhe und lebte in ständiger Angst und Aufregung. Aber zum Glück ließ sie ihre robuste Gesundheit nicht im Stich und die weitere Schwangerschaft verlief ohne größere Probleme. Auch mit den neuen und ach so fremden russischen „Freunden" kam man mal mehr oder weniger gut zurecht. Langsam schlich sich aber auch so etwas wie Normalität im Zusammenleben mit den Russen ein. Erst als dann im September der Geburtstermin immer näher rückte, quälten meine

Mutter bange Fragen: Würde bei der Entbindung alles gutgehen? War in diesen unruhigen Zeiten rechtzeitig Hilfe zur Stelle? Würde sie ihr Kind diesmal behalten dürfen? Mein Vater versuchte sie, so gut es ging, zu beruhigen: „Mach dir doch nicht so viele Gedanken. Die Hebamme weiß Bescheid und wenn es bei dir so weit ist, dann werde ich sie schnell holen. Außerdem: Du hast schon drei Kinder geboren und du hast doch damit Erfahrung!" Den letzten Satz hätte er dann aber lieber nicht sagen sollen, erinnerte er meine Mutter doch damit ungewollt an die beiden verstorbenen Kinder.

Als dann am 20. September 1945 mein Bruder gesund geboren wurde, kannte die Freude keine Grenzen. Die Hausgeburt verlief ohne Komplikationen. Die örtliche Hebamme hatte dem Wonneproppen, der fast zehn Pfund wog, auf die Welt geholfen. Bereits drei Tage nach seiner Geburt wurde der Junge auf den Namen „Kurt" getauft. Ausgesucht hatte diesen Namen meine Mutter. Es war der Name ihres jüngsten Bruders, der mit nur zwanzig Jahren im letzten Kriegsjahr gefallen war. Fortan hütete sie ihren zweiten Sohn wie ihren Augapfel. Erst recht als eines Tages ein Trupp russischer Soldaten bis an die Schlafzimmertür vordrang. Aber dort blieben die Soldaten wie angewurzelt stehen, als sie meine Mutter und ihr Neugeborenes sahen. Der Anführer machte eine Handbewegung, rief auf Russisch ein Kommando und so schnell wie sie gekommen waren, verschwanden sie auch wieder.

Nun gab meine Mutter ihren Sohn erst recht nicht aus der Hand, ließ ihn nur in ihrem Bett schlafen und verwöhnte ihn nach Strich und Faden. Natürlich liebte meine Mutter auch ihren Ältesten sehr, aber ihren „Dicken" wie mein Bruder genannt wurde, noch ein bisschen mehr. Ihrem zwischen Krieg und Frieden gewachsenem Kind blieb sie bis zu ihrem Tod besonders eng verbunden. Sie konnte erst sterben, als er an ihr Krankenbett trat und sich von ihr verabschiedet hatte. Unlängst war ich mit meinem neunjährigen Enkel im Mühlhäuser Stadtwald unterwegs. Ausgelassen rannte der Junge vornweg. Aber plötzlich blieb er stehen. Er hatte einen Gedenkstein entdeckt, der vor einigen Jahren dort errichtet worden war. Etwas mühsam entzifferte er die darauf angebrachte Inschrift: „Zum Gedenken an den Weg von Hunderten

Menschen zur täglichen Zwangsarbeit in der Zeit des Nationalsozialismus".

Mein Enkel schaute mich fragend an und ich begann zu erzählen...

Natürlicher Kopfschmuck

Als ich meine Mutter kennenlernte, sie also das erste Mal bewusst wahrnahm, muss sie so Anfang vierzig gewesen sein. Ihre Haare waren zu diesem Zeitpunkt schon völlig ergraut. Für mich war das eine Haarfarbe wie jede andere und hatte nichts mit dem Alter zu tun. Meine Großmutter mütterlicherseits trug haargenau die gleiche Frisur, so dass mein Vater manchmal liebevoll spöttisch über seine Frau, wenn sie es nicht hörte, sagte: „Da kommt ja unsere Oma Else!" Da die beiden Frauen auch die gleiche untersetzte Figur hatten und sich überhaupt im Aussehen sehr ähnelten, war dieser Vergleich durchaus erlaubt. Einen Unterschied gab es aber: Während meine Mutter regelmäßig den Friseur aufsuchte und sich eine Dauerwelle verpassen ließ, ondulierte meine Großmutter Else ihre Haare nahezu täglich mit der Brennschere. Die erhitzte sie im Küchenherd im offenen Feuer, probierte an Zeitungspapier aus, ob sie heiß genug war und verwendete sie dann zum Formen ihrer Frisur. Der Geruch von versengtem Papier lag danach in der Luft. Großmutters sorgfältig ondulierten grauen Haare verliehen ihr ein geradezu würdevolles Aussehen und unterstrichen ihre Persönlichkeit. Dass meine Oma Else eigentlich auf die heute hochmodernen Namen Emma Sophie getauft worden war, erfuhr ich erst, als ich viele Jahre später einmal im Familienstammbuch stöberte.

Ihre Haare zu färben, kam übrigens weder für meine Mutter noch für meine Großmutter in Frage, auch als es längst gängige Mode war. Einzig eine Blauspülung ließ meine Mutter hin und wieder vom Friseur ihres Vertrauens vornehmen, um so den Gelbstich ihrer grauen Haare zu vermeiden. Und heute? Heute tragen auch ganz junge Frauen voller Stolz ihre gefärbten Haare im modischen Grau. Mir wurden die grauen Haare vererbt, aber noch versuche ich das mehr oder weniger erfolgreich zu vertuschen. Noch...

Tautreten im Morgengrauen

Als meine Mutter etwa Mitte vierzig war, wurde ihr das Glück zuteil, zu einer vierwöchigen Kur in die Sächsische Schweiz nach Bad Schandau zu fahren. Für den einen oder anderen Zeitgenossen mag das Wort „Kur" vielleicht negative Assoziationen hervorrufen. Für meine Mutter aber stellte diese Kur eher einen langen Urlaub von ihrem anstrengenden Alltag dar. Natürlich gab es auch entsprechende körperliche Beschwerden, welche die ärztliche Verordnung eines solchen Kuraufenthaltes notwendig machten.

Ich konnte damals nicht ahnen, dass fortan die kneippschen Lehren mein Leben begleiten würden, denn sämtliche Kuranwendungen, die meiner Mutter zuteilwurden, beruhten auf den Prinzipien der Kneippkur. Sebastian Kneipp, ein bayrischer Pfarrer, der im 19. Jahrhundert als Wasserdoktor und Kräuterpfarrer bekannt geworden war, wurde nun zum ständigen Berater meiner Mutter in sämtlichen Gesundheitsfragen. Das große Kneippbuch „Meine Wasserkur" wurde angeschafft und diente fortan als Standardwerk zur Behandlung aller in der Familie vorkommenden Erkrankungen.

Da meine Mutter am eigenen Leib erfahren hatte, wie wohltuend Wassertreten, Arm– und Fußbäder, heiße oder kalte Wickel sich auswirkten, kurierte sie von da an auf kneippsche Art und Weise die verschiedensten Wehwehchen und kein Familienmitglied blieb davon verschont; noch dazu, wo diese Behandlung sehr preiswert ist, benötigt man doch nur Wasser, diverse Gefäße und Tücher. Kräuter sammelte sie ebenfalls selbst und stellte daraus die entsprechenden Tees oder Tinkturen her.

Nur eine kneippsche Anwendung, die auch in der heutigen Zeit wieder verstärkt praktiziert wird, blieb uns zum Glück erspart: das Heilfasten. Mutter selbst musste sich bei ihrer Kur diesem Härtetest unterziehen und durfte sich 14 Tage lang nur von Wasser, Molke, Gemüsebrühe, Saft und Tee ernähren. Wenn sie über diese Tortur sehr anschaulich erzählte, hörte ich gebannt zu, war aber froh, dass die etwas schmalbrüstigen Familienmitglieder nicht als Versuchskaninchen herhalten mussten. Bei meiner Mutter selbst war die Wirkung der Fastenkur schnell verpufft und die abgespeckten Kilos wieder da. Mutters „Kneippbuch" ging nach ihrem Tod als Familienerbstück in meinen Besitz über. Und ob sie es glauben oder nicht: Auch in Zeiten von Internet und „Doktor Google" schlage ich gern bei Pfarrer Kneipp nach und habe schon oft einen guten Ratschlag mitgenommen und auch selbst mit Erfolg praktiziert.

Sollten sie am frühen Morgen zufällig mal an unserem Garten vorbeikommen und jemanden barfuß durch das feuchte Gras spazieren sehen: Das bin ich beim Tautreten, denn das „Grasgehen im Morgentau" ist ein Teil des kneippschen Gesundheitskonzepts.

Sprichwörtliches

Sprichwörter und Redensarten begleiten mich schon mein ganzes Leben hindurch, wurden mir quasi in die Wiege gelegt. Meine Mutter verfügte über ein umfangreiches Repertoire und verwendete diese Sprüche bei jeder passenden und unpassenden Gelegenheit. Kam sie am Sonntag aus der Frühmesse, wir Kinder oder später auch junge Erwachsene lagen noch im Bett, klopfte sie kräftig an die Tür und rief genauso laut: „Es is niene derch!" (Es ist 9 Uhr durch!), egal, ob es tatsächlich schon so spät war oder nicht. Das bedeutete auf jeden Fall für uns, sofort aufzustehen und jegliche Diskussion zu unterlassen. Wenn ich mit meinem älteren Bruder dann am Sonntagvormittag ins Hochamt ging, ermahnte meine Mutter ihn regelmäßig: „Geh aber nicht dahin, wo die Gesangbücher Henkel haben!" Das hinderte meinen Bruder aber nicht daran, den Weg zu seiner Stammkneipe einzuschlagen und dort auch entsprechend zu verweilen. Trotzdem wusste er, woher auch immer, welche Bibeltexte in der Kirche vorgelesen worden waren und worüber der Pfarrer gepredigt hatte.

Ich war als Kind eher etwas zart gebaut und bekam daher öfter zu hören: „Du siehst ja aus wie ein „Miserippchen!" Was nichts anderes bedeutet als ein

„Mäuserippchen". Ich aß schlecht, nahm nicht richtig zu und sollte daher zu einer Kur geschickt werden. Aber aus unerfindlichen Gründen kam es nicht dazu. Nur Höhensonne wurde mir verordnet, aber nicht etwa im Gebirge, nein bei unserem Hausarzt, einem Landarzt alter Schule, bekam ich die Sonne aus der Dose verabreicht. Wer jetzt an ein Solarium denkt, liegt nicht ganz so falsch. Die Lampe, vor der ich mit der typischen Sonnenbrille auf der Nase saß, war eher ein Solarium für Arme. Wenn es dann tatsächlich zu einer Appetitssteigerung kam, und ich aß einmal besonders gierig, war ich natürlich auch schnell satt und wollte partout keinen Nachschlag mehr. Mutters Kommentar war dann immer: „Ja, ja, wenn die Maus satt ist, schmeckt das Mehl bitter!" An den Feiertagen, an denen sich meine Mutter besondere Mühe mit dem Mittagessen machte und stundenlang in der Küche zubrachte, war es für sie sehr ärgerlich, wenn dem Essen nicht die gebührende Aufmerksamkeit und Wertschätzung entgegengebracht wurde. Das war vor allem dann der Fall, wenn meinen Brüdern oder meinem Vater der nötige Appetit fehlte, weil sie beim Frühschoppen schon tüchtig dem Bier zugesprochen hatten. Dann war meine Mutter richtig sauer. Trotzdem ersparte sie sich Schimpftiraden und bemerkte nur etwas spitz: „Wo ein Brauhaus steht, steht kein Backhaus", und räumte den Tisch wieder ab. Das sollte aber nicht heißen, dass irgendetwas von dem Essen weggeworfen wurde. Nein, es kam in abgewandelter Form erneut auf den Tisch.

Besonders beim Umgang mit Brot hatte meine Mutter ihre festen Prinzipien. Erst, wenn das noch vorhandene alte Brot restlos aufgegessen war, wurde das neue Brot angeschnitten. Wer isst nicht gern frisches Brot? Aber in dieser Beziehung ließ sie nicht mit sich handeln: „Iss du erst mal ein Stück altes Brot. Dann bekommst du auch frisches!" Den Brotlaib fest an die Brust gedrückt schnitt sie gleichmäßig Scheibe für Scheibe mit einem großen Brotmesser ab. Eine Brotmaschine hätte es nicht besser gekonnt. Beim sogenannten „Hasenbrot" (wieder mit nach Hause gebrachte Schnitten oder „Bemmen") war sie etwas gnädiger und aß den größten Teil dieses- meist schon leicht eingetrockneten Brotes- selbst, während ich ein eher symbolisches Stückchen mitessen musste.

Wenn, was zwar äußerst selten vorkam, mal überhaupt kein Brot mehr im Hause war, also wirklich alles restlos verzehrt war, jammerte meine Mutter regelmäßig: „Wenn jetzt der Bettelmann kommt, habe ich nicht mal ein Stückchen Brot für ihn." Ich kann mich nicht daran erinnern, dass dieser Bettelmann jemals zu uns kam. Bettelnden Menschen dagegen, begegne ich heute des Öfteren.

Geflügelte Wesen

Meine Mutter saß an ihrer Singer-Nähmaschine und reparierte frisch gewaschene Kleidungsstücke. Dass es sich dabei um die Schlosseranzüge meines ältesten Bruders handelte, wusste ich zu diesem Zeitpunkt noch nicht. Ich war noch ziemlich klein, denn ich passte ganz knapp in den Abdeckkasten der Nähmaschine hinein. Ich spielte darinsitzend Boot und das Rattern der alten Nähmaschine lieferte die passende Begleitmusik. In dieser Szene machte ich also unbewusst auch die Bekanntschaft meines großen Bruders, den ich „Jojo" nannte und der den Anlass für die sonntagnachmittäglichen Näharbeiten lieferte. Uns beide trennten etwas über 13 Jahre. Während ich also noch spielend die Welt eroberte, hatte er schon seine Schlosserlehre in einer Firma in der nahen Kreisstadt begonnen. Am Wochenende war er meistens mit seinen Freunden unterwegs und gab somit zu Hause nur noch eine Gastrolle. Mich störte das nicht weiter, da ich ja noch meinen Bruder Kurti hatte, der nur sechs Jahre älter als ich und als Spielpartner immer für mich da war. Trotzdem erzählte ich allen immer voller Stolz, dass ich z w e i große Brüder hätte und es besser wäre, sich nicht mit mir anzulegen. „Dann könnt ihr was erleben, die sind nämlich stärker als ihr!" so drohte ich schon mal den Jungs aus der Nachbarschaft, wenn sie sich mir ungebührlich näherten. Aber eigentlich war diese Drohgebärde völlig überflüssig, wusste ich mir doch selbst sehr gut zu helfen. Das kam wahrscheinlich auch durch das Zusammenleben mit meinen beiden Brüdern, die wenig zimperlich mit mir umgingen und mich gern mal neckten und beim Spiel herausforderten. Ich reagierte auf ihre Scherze wie erwartet empört und mein ältester Bruder setzte gern noch eins drauf und nannte mich „Alte Hernze". Ich ärgerte mich mächtig darüber, was natürlich dazu führte, dass er dieses vermeintliche Schimpfwort immer wieder gebrauchte, um mich auf die Palme zu bringen. Wer oder was eine „Hernze" ist, das wusste ich damals nicht. Die Herkunft dieses Wortes war mir völlig unbekannt, konnte aber meiner Meinung nach nichts Gutes bedeuten. Es kam mir auch nicht in den Sinn, jemanden danach zu fragen. Wozu auch? Irgendwann verschwand dieser Begriff aus dem Sprachgebrauch und niemand nannte mich mehr so. Erst jetzt tauchte das Wort plötzlich wieder auf: Mein Bruder wird

80 und ich krame in meinen Erinnerungen. Mein Hirncomputer hat das Wort gespeichert und spuckt es nun aus. Da hilft nur eins: Jemanden fragen, der fast alles weiß: Das Internet! Und was wird mir erklärt: „Hernze" ist ein mundartlicher Begriff für „Hornisse"! So war das also: Mein Bruder sah mich als geflügeltes Insekt, das auch mal zustechen kann. Na, das hätte auch schlimmer kommen können. Ob „Hernze" oder „Flotte Biene": Was macht das schon für einen Unterschied? Noch dazu, wo eine weitere Erklärung im Internet die gemeine Hornisse auch als „friedlichen Brummer" bezeichnet. Auch damit kann ich leben.

Waschtag

Allein schon das Wort: „Waschtag." Kennt das heute überhaupt noch jemand? Verkündete meine Mutter: „Übermorgen ist Waschtag!", war für uns Kinder klar, dass eine größere, sehr zeitaufwendige Aktion bevorstand, die nicht nur einen Tag dauerte. Waschpulver wurde besorgt, Wannen der verschiedensten Größen bereitgestellt, Holz und Kohlen zum Anheizen des Waschkessels herbeigeschafft. Bevor das eigentliche Waschen begann, wurde die Wäsche erst einmal über Nacht eingeweicht, akkurat getrennt nach weißer Wäsche und Buntwäsche. In der Waschküche wurde der Waschkessel angeheizt und die weiße Wäsche gründlich gekocht.

Als wir Kinder schon etwas älter waren, übertrug unsere Mutter diese Aufgabe gern mal uns, damit sie von der Arbeit kommend, sofort mit dem Waschen loslegen konnte. Aber diese Aufgabe hatte so ihre Tücken: Mein Bruder heizte den Kessel an und feuerte tüchtig mit Holz und Kohlen. Trotzdem dauerte es eine Weile, bis das Wasser in dem ziemlich großen Kessel endlich anfing zu brodeln. Deshalb beschlossen wir, nach oben in die

Wohnung zu gehen, um uns interessanteren Dingen zu widmen und überließen die Wäsche sich selbst. Kochen konnte sie schließlich auch von allein. Das tat sie auch so lange, bis die Nachbarin an unserer Wohnungstür Sturm klingelte und aufgeregt rief: „Eure Wäsche ist übergekocht! Merkt ihr denn gar nichts davon? Alles Wasser ist aus dem Kessel gelaufen!" Oh ja, merken konnte man schon etwas, denn durch das ganze Treppenhaus zogen bereits die Dampfschwaden und im Waschkessel war tatsächlich so gut wie kein Wasser mehr. Ich hätte am liebsten losgeheult, aber mein Bruder setzte alles daran, das Malheur so schnell wie möglich zu beseitigen und er hatte auch schon eine Idee: „Lauf schnell ins Dorf und kauf neues Waschpulver. Wir setzen die Wäsche noch mal an. Aber diesmal lass ich den Kessel nicht aus den Augen. Beeil dich, vielleicht haben wir Glück und Mama merkt es nicht." Aber unsere Mutter merkte es natürlich doch, ließ aber Gnade vor Recht ergehen und meinte nur: „Na, ihr zwei Kadetten, habt ihr wieder mal die Wäsche überkochen lassen? Wann begreift ihr denn endlich, dass ihr dabeibleiben müsst!" Dabei ließ sie es bewenden und ersparte sich eine längere

Standpauke. Außerdem drängte die Zeit, denn bis in den späten Abend hinein hatte Mutter jetzt zu tun: Jedes einzelne Wäschestück wurde von ihr auf dem Waschbrett durchgerubbelt, danach mehrmals gespült und ausgewrungen: alles in allem eine wahre Plackerei. Mit einer Gummischürze bekleidet, schwitzend und mit hochrotem Kopf sehe ich sie stundenlang am Waschtrog hantieren, ein Bild, das sich tief in meinem Gedächtnis eingeprägt hat. Unvergesslich bis heute ist auch die Szene, als Mutter aus Versehen einen dunklen Schlips meines Bruders mit in die Kochwäsche beförderte und sich das ganze Waschwasser in einem satten Dunkelblau zeigte und sämtliche Wäsche blau verfärbte. Hierbei erlebte ich meine Mutter wirklich der Verzweiflung nahe, aber dank Entfärber, den ich schnell bei der Händlerin unseres Vertrauens holte, wurde auch dieser Schaden behoben und die Wäsche erstrahlte wieder blütenweiß. Dass es mit dem Waschen allein nicht getan ist, versteht sich von selbst. So musste ich von klein an ganz selbstverständlich beim Aufhängen als auch beim Bügeln der Wäsche helfen. Ob Klammern zureichen oder Taschentücher zusammenlegen:

Mutter wusste immer genau, welche kleinen Aufgaben sie mir übertragen konnte. Mit zunehmendem Alter wuchsen diese Aufgaben, aber zum Glück für mich, kam Ende der fünfziger Jahre die erste Waschmaschine in unseren Haushalt, was nahezu eine kleine Revolution darstellte. Die „Perobod", eine Maschine aus tschechischer Produktion mit eingebauter Schleuder, erleichterte das Wäschewaschen enorm und war der erste Schritt hin zur vollautomatischen Waschmaschine wie man sie heute kennt. Es dauerte zwar noch ein paar Jahre, bis es so weit war, aber der technische Fortschritt ließ sich nicht aufhalten und Wäschewaschen wurde beinah zum Kinderspiel, das selbst Männer über kurz oder lang beherrschten. Dass mein Mann dabei einen selbstgestrickten Pullover von mir völlig ruinierte, indem er ihn statt bei dreißig Grad mit der Kochwäsche wusch: Schwamm drüber!

Nachbarschaft

Ich bin mit und bei Nachbarn großgeworden. Es war für mich als Kind selbstverständlich, zu Leuten in der Nachbarschaft zu gehen, einfach so, ohne besonderen Grund. Ich hielt mit ihnen ein Schwätzchen, schaute ihnen bei der Arbeit zu und erledigte hin und wieder auch mal einen Weg für sie.

Meine Eltern legten sehr viel Wert darauf, mit den Nachbarn einen guten Umgang zu pflegen getreu dem Sprichwort: „Ein Nachbar an der Hand, ist besser als die Verwandtschaft über Land." Besonders mit den Leuten, mit denen wir auf der gleichen Etage wohnten, verband uns ein enges nachbarschaftliches Verhältnis. Die Familie hatte fünf Kinder, drei Mädchen und zwei Jungen, die, obwohl sie wesentlich älter waren als ich, sich liebevoll um mich kümmerten. Eines der Mädchen wurde sogar als Patin für mich auserkoren. Aber alle drei Mädchen behandelten mich wie ihre kleine Schwester. Sie sorgten unter anderem dafür, dass ich zu meiner Pferdeschwanzfrisur einen schicken Pony trug und so mit der Mode ging. Stand am Heiligen Abend die Bescherung an, brachte mir das Christkind zuerst ein Geschenk bei den Nachbarn, ehe es auch zu uns nach Hause kam. Dass unsere Nachbarin auch den Nikolaus mimte, begriff ich erst später, hockte ich doch vor lauter Angst meistens unter dem Küchentisch, wenn der heilige „Mann" am 6. Dezember erschien. Einer der Jungen aus der Nachbarsfamilie setzte mich auch regelmäßig auf die Bohnerbürste, legte mir Lappen unter die Füße und schob mich mit Schwung durch den Korridor und polierte so den Fußboden, was mir einen Heidenspaß machte. Auch auf den Kirmesrummel in der nahen Kreisstadt nahm mich eines der Nachbarsmädchen mit. Als ich dort im Getümmel verloren ging, stellte ein Schausteller mich kurzerhand auf seine Schießbude und rief mich mit dem Mikrofon aus. Das war mein Glück, denn so fanden wir beiden Rummelgänger uns nach kurzer Zeit wieder und wir fielen uns weinend in die Arme.

Es war auch ganz selbstverständlich, dass ich später bei allen fünf Geschwistern die Hochzeit mitfeierte. Ich gehörte eben einfach dazu.

Als wir Anfang der sechziger Jahre unsere Genossenschaftswohnung in einem Neubaublock bezogen, entwickelte sich auch zu den neuen

Mitbewohnern ein gutes Verhältnis. Sicher war es nicht mehr ganz so eng wie zu den einstigen Nachbarn, aber auch hier half man sich gegenseitig. Natürlich gab es auch mal Streit, aber irgendwie rauften sich alle wieder zusammen. Wenn jemand in der Nachbarschaft aber partout alles besser wusste und man ihm so gar nichts recht machen konnte, hatte meine Mutter einen sehr drastischen Spruch parat: „Bei dem kannst du Öl seichen (pinkeln)! Nur recht machen kannst du es ihm einfach nicht."

Schlachtfest

Von Kindesbeinen an war das alljährliche Schweineschlachten für mich eine vertraute Angelegenheit. Ob bei uns zu Hause oder in der Nachbarschaft ein Schwein geschlachtet wurde: Ich verfolgte neugierig das Geschehen. Unsere Familie hielt eine Zeit lang selbst ein Schwein, das allerdings auf dem Hof meiner Großmutter Jule in einem Stall, genauer gesagt in einem „Schweinskoben" untergebracht war. Das Tier wurde von meinem Vater tagtäglich gefüttert und sein Koben regelmäßig ausgemistet. Zu Beginn des Winters war unser Schwein wohlgenährt und die Vorbereitungen für das Schlachtfest begannen. Gewürze und Därme mussten besorgt werden, was sich oft als ein schwieriges Unterfangen herausstellte. Der Hausschlachter wurde bestellt, von denen es in unserem Dorf mehrere gab. Meine Mutter prüfte daher den Auserwählten auf Herz und Nieren: Arbeitete der Schlachter sauber und gewissenhaft? Dosierte er die Gewürze richtig? Kurzum: Verstand er sein Handwerk? Schmeckte am Ende auch die Wurst, die er machte, hatte man im wahrsten Sinn des Wortes „Schwein gehabt".

Am eigentlichen Schlachttag mussten alle Arbeiten zügig erfolgen, da es im Eichsfeld Tradition ist, das Fleisch noch warm zu verarbeiten, um den unvergleichlichen Wurstgeschmack zu erzielen. Also machte man kurzen Prozess mit dem Schlachttier. Es verbot sich von selbst, es lange leiden zu lassen. Ich glaube, man wusste auch damals schon, dass Stress und Angst der Qualität des Fleisches abträglich sind. Hing das Schwein dann an der Leiter, gönnte man sich den ersten Schnaps des Tages. Aber ohne große Unterbrechung ging es weiter. Nach der Fleischbeschau wurde das Schwein zerlegt und nach und nach verarbeitet. Die Königsdisziplin war dabei die Herstellung von Eichsfelder Feldkieker oder Stracke, Dauerwurstsorten der ganz besonderen Art. Diese Wurst schmeckte nicht nur mir am besten, sondern sie war bei allen Familienmitgliedern so beliebt, dass davon nie genug hergestellt werden konnte. In der Waschküche brodelte derweil im großen Kessel das Wasser, in dem Blut- und Leberwürste gegart wurden, ebenso Zwiebel- und Sülzwurst. Platzte eine der Würste, schmeckte am Schluss die Wurstsuppe besonders gut. Dampfschwaden waberten durch das ganze

Haus und verbreiteten den durchdringenden Geruch von frischgeschlachtetem Fleisch, den ich aber so gar nicht mochte. Auch das noch warme Gehackte, das selbstverständlich von den Schlachthelfern verkostet wurde, war nicht mein Ding. Trotzdem verfolgte ich das Geschehen aus nächster Nähe, hoffte ich doch darauf, eine Wurst „angemessen" zu bekommen. Die Erwachsenen machten sich einen Spaß daraus, uns Kindern mit ihren fettigen, oft auch blutigen Fingern das Gesicht zu umfahren, um so die Größe der Wurst festzulegen, die man geschenkt bekam. Meistens handelte es sich um eine kleine runde Bratwurst oder eine „Weckwurst", die mit Semmeln („Wecken") gestreckte Variante der Bratwurst. Mein Vater liebte diese Wurstsorte besonders, so dass es in den Tagen nach dem Schlachten des Öfteren Weckwurst mit Pellkartoffeln zum Mittagessen gab. Aber auch alle anderen Bestandteile des geschlachteten Schweins wurden verwertet. Nichts, aber auch gar nichts kam um. Speck und Schinken wurden gepökelt, Knochen eingekocht; ebenso Schmalz und Rippchen. Schließlich musste die Familie den ganzen Winter über und darüber hinaus davon leben. Selbst das Schweineschwänzchen wurde verwendet, wenn es auch nur zum Spaß jemandem an die Kleidung geheftet wurde. Gern schickte man auch eines der Kinder in die Nachbarschaft, um zum Beispiel den „Kümmelspalter" auszuborgen und lachte sich dann scheckig, wenn es etwas verunsichert ohne dieses frei erfundene Gerät zurückkam. Im nächsten Jahr musste man sich allerdings ein neues „Opfer" für diverse Späßchen suchen, denn so leichtgläubig ist jeder nur einmal. Die Nachbarn bekamen Wurstsuppe, Kesselfleisch und vielleicht auch Gehacktes als Kostprobe geliefert und revanchierten sich, wenn sie selbst schlachteten. Das mit der eigenen Schweinehaltung hatte sich mit dem Tod meiner Großmutter erledigt. Aber so ganz wollte meine Mutter nicht auf Selbstgeschlachtetes verzichten, so dass sie noch ein paar Jahre lang ein fertig gemästetes Schwein kaufte. Vor allem lag das aber auch an meinem großen Bruder, der in Berlin die gute Thüringer Wurst schrecklich vermisste und immer auf eine entsprechende Lieferung aus der Heimat erpicht war. So kam es, dass im Kellergang des Vier-Familien Hauses, in dem unsere Mutter nun wohnte, das gekaufte Schwein in einem Holzverschlag auf sein letztes Stündlein wartete.

Während die anwesenden Familienmitglieder am Vorabend des Schlachtfests schon mal den Schnaps verkosteten, machte sich Mutter mehr und mehr Sorgen um das Schwein und lief unablässig in den Keller, um nach ihm zu schauen. Dem guten Tier war gewiss langweilig, so dass es versuchte, die Bretter des Holzverschlages mit seiner Schnauze auseinanderzunehmen und seinen Kopf hindurchzustecken. Voller Angst, dass es aus dem Verschlag ausbrechen könnte, rannte meine Mutter nach oben und verkündete den Anwesenden ganz aufgeregt: „Das Schwien gückt schünn!", was nichts anderes heißt als „Das Schwein guckt schon!", (nämlich aus seiner Kiste); ein Ausspruch, der in unserer Familie zum geflügelten Wort wurde. Tatsächlich gelang dem Tier der Ausbruch aber nicht, so dass es am nächsten Tag den Weg allen Fleisches ging.

Allerleirauh(es)

Allergiker reagieren nur bei dem Gedanken daran mit einer Niesattacke. Tierschützer sind blank entsetzt und zu allem bereit, wenn sie nur davon hören. Für meine Mutter aber war der Gebrauch dieses Utensils eine Selbstverständlichkeit: Die Rede ist von einem Katzenfell. Sie hatte lange Zeit wieder und wieder in einem Sanitätshaus nach einem solchen Fell gefragt, bis ihr eines Tages die Verkäuferin schon freudig entgegenkam und rief: „Frau Herz, heute hab' ich endlich was für sie!" und ihr das gewünschte Katzenfell präsentierte. Fein säuberlich verarbeitet und mit Bändern versehen, wechselte es in ihren Besitz und ward von nun an ihr ständiger Begleiter. Meine Mutter schwor auf die heilkräftige Wirkung dieses Fells bei allerlei Beschwerden. Genau wie „Der brave Soldat Schwejk" aus dem gleichnamigen Buch sein Rheuma mit einem Katzenfell zu lindern versuchte, bekämpfte sie damit Rückenschmerzen oder Nierenprobleme. Das umgebundene Fell sorgte auf jeden Fall für angenehme Wärme, die bei vielerlei Zipperlein hilfreich ist. Heute dagegen greift der schmerzgeplagte Zeitgenosse gern zum ständig beworbenen Wärmepflaster, das bestimmt eine ähnliche Wirkung entfaltet.

Eines Tages stürzte meine Mutter in ihrer Wohnung und konnte nicht mehr aufstehen, geschweige denn laufen. Zum Glück hörten die Nachbarn sie rufen. Der Schlüssel steckte wie üblich von außen im Schloss ihrer Korridortür, so dass ihr rasch erste Hilfe zu Teil wurde. Der Arzt wies sie ins Krankenhaus ein, in das auch ich so schnell wie möglich eilte, um ihr vor Ort beizustehen. In der Aufnahme herrschte der übliche Andrang, aber ohne längeres Warten konnte ich meine Mutter zur Röntgenabteilung begleiten, wo sie zwei junge Krankenschwestern in Empfang nahmen. Die beiden begannen auch sofort, meine nicht gerade zarte Mutter auf den Röntgentisch zu hieven, um sie für die Untersuchung vorzubereiten. Plötzlich gellte ein Schrei durch den Raum. „Igitt, was ist das denn?" Eine der Schwestern wandte sich erschrocken ab und schlug die Hände vors Gesicht. Dagegen war der Blick ihrer Kollegin starr auf den Körper meiner Mutter gerichtet. Unverwandt schaute sie auf die Stelle am Rücken, wo ein kleines Stückchen Fell aus der Kleidung hervorlugte. Ungläubiges

Entsetzen machte sich breit und die Frage stand förmlich im Raum: Wächst da etwa ein Pelz, direkt auf der Haut dieser Frau?? Aber weit gefehlt: Es war Mutters Katzenfell, das die jungen Schwestern in Angst und Schrecken versetzt hatte! Aber meine Mutter war ja nicht auf den Mund gefallen und das im wahrsten Sinn des Wortes. Sie lächelte verschmitzt und fragte etwas spöttisch: „Haben sie etwa noch nie ein Katzenfell gesehen?" Und dann klärte sie die beiden jungen Frauen über dessen wohltuende Wirkung auf. Ich musste schmunzeln und dachte: Egal, was passiert Mutter verliert ihren Humor nicht. Den bei der Untersuchung wenig später festgestellten Oberschenkelhalsbruch, konnte das Katzenfell allerdings nicht heilen. Hier waren die Grenzen der Naturheilkunde erreicht und es konnte nur noch eine Operation helfen, die meine Mutter glücklicherweise alles in allem gut überstand.

Wenn sie jetzt vielleicht darüber nachdenken, eventuell auch ein Katzenfell zu erwerben, dann kann ich nur sagen: Vergessen sie's! Seit 2008 ist es in Deutschland per Gesetz verboten, mit derartigen Fellen zu handeln.

Gehhilfen

Als Mutter nach ihrem Oberschenkelhalsbruch aus dem Krankenhaus entlassen wurde, lebte sie eine Zeit lang mit in unserem Haushalt. Noch konnte sie nicht ohne Krücken laufen, geschweige denn sich selbst versorgen. Also räumte der jüngere unserer Söhne sein Kinderzimmer für Oma und nahm Quartier bei seinem großen Bruder mit der Option, dass es sich nur um eine Übergangszeit handeln würde. Ich hatte da so meine Bedenken, aber meine Mutter ließ keine Zweifel zu: „Sowie ich wieder besser laufen kann, gehe ich auch wieder nach Hause!" Heutzutage wäre ihr auf jeden Fall eine REHA verordnet worden. So aber musste sie selbst sehen, dass sie irgendwie wieder auf die Beine kam. Und das kam sie: Mit eiserner Willenskraft bewegte sie sich mit ihren Gehhilfen durch die Wohnung und übte so das Laufen. Nach und nach stellten sich Fortschritte ein, sie wurde immer mutiger und ließ hier und da eine ihrer Gehhilfen stehen und benutzte nur noch eine davon. Und tatsächlich: Als der Frühling kam, zog Mutter zurück in ihre Genossenschaftswohnung auf dem Dorf, die sie einst unter großen Mühen mit gebaut hatte. Sie versuchte, so gut es eben ging, ihr altes Leben wieder aufzunehmen, war aber auch weiterhin auf unsere Hilfe angewiesen. Trotzdem wurde sie nach und nach immer mobiler: Sie besuchte ihre Nachbarn und Freunde und nahm auch wieder am wöchentlich stattfindenden Rommé-Spiel teil. Dabei ging es heiß her, denn die fünf Frauen in der Runde schenkten sich nichts, sondern spielten nahezu verbissen um den Sieg. Ich weiß nicht, ob Mutter an diesem Tag das Spiel gewonnen oder verloren hatte, im Eifer des Gefechts vergaß sie ihre Krücken und lief ohne Gehhilfen den kurzen Weg nach Hause. Auch dort bemerkte sie den Verlust nicht gleich und bewegte sich ohne Stütze in der Wohnung. Erst als am nächsten Morgen ihre Freundin vorbeikam und fragte, ob sie denn nichts vermisse, fiel ihr die vergessene Gehhilfe wieder ein. Von da an blieben die Krücken immer öfter irgendwo stehen, bis, ja, bis Mutter wieder allein laufen konnte. Bei längeren Ausflügen allerdings, benutzte Mutter nun einen etwas gefälliger aussehenden Gehstock. Der begleitete sie sogar auf einer Pilgerreise nach Lourdes, die sie auf ihre alten Tage noch machte. Es war zweifelsohne die weitestete Reise ihres

Lebens, auf die Mutter sich mit beinah achtzig Jahren begab. Lourdes ist einer der weltweit meistbesuchten Wallfahrtsorte und liegt im Südwesten Frankreichs in den Ausläufern der Pyrenäen. Eigentlich sollte ich sie auf dieser Reise begleiten, aber meine beruflichen Verpflichtungen ließen das leider nicht zu, so dass Mutter sich allein auf Pilgertour begab. Ihr Gehstock aber ging nach ihrem Tod in meinen Besitz über und wartet derweil bei mir auf dem Dachboden auf seine weitere Verwendung. Man weiß ja nie…

Späte Väter

Als ich geboren wurde, stand mein Vater bereits kurz vor seinem 45. Geburtstag und war schon ein paar Jahre Invalidenrentner. Er war als Schulkind beim Lindenblütenpflücken vom Baum gestürzt und hatte sich dabei eine bleibende Rückenverletzung zugezogen, die letztendlich zu seiner frühzeitigen Invalidität führte. Ich hatte also einen Vater, der tagsüber zu Hause war und mich quasi großzog, während meine Mutter Tag für Tag in der Zigarrenfabrik arbeitete. Selbst am Samstag war sie bis mittags dort beschäftigt. Die Rollenverteilung in unserer Familie war nicht gerade typisch für die damalige Zeit. Ich kannte es nicht anders und erlebte sie demzufolge als ganz selbstverständlich. Mein Vater kochte die Woche über jeden Tag. Wenn meine Mutter in ihrer Mittagspause nach Hause kam, stand das Essen auf dem Tisch. Erst am Wochenende übernahm dann Mutter wieder das Regiment in der Küche. Ansonsten kümmerte sich mein Vater um uns Kinder und verwöhnte mich als Nachkömmling und einziges Mädchen besonders. Mich als seine „Prinzessin" zu bezeichnen, wäre ihm allerdings nicht eingefallen. Er nannte mich einfach nur „Lieschen", was durchaus liebevoll gemeint war. Ich lebte also ein ungezwungenes Leben, spielte mit meinem Bruder oder den Kindern aus der Nachbarschaft und genoss ziemlich viele Freiheiten. Wir hielten uns meistens draußen auf und spielten selbst bei schlechtem Wetter auf der Straße oder auf den Höfen. Kurz bevor ich eingeschult werden sollte, kamen meine Eltern auf die Idee, dass ich von nun an in den örtlichen Kindergarten gehen sollte, um mich so besser auf die Schule vorzubereiten. Ich fand diese Idee anfangs gar nicht so schlecht, merkte aber sehr schnell, dass es mit der großen Freiheit, die ich bis dahin gelebt hatte, vorbei war. Und so kam es wie es kommen musste: Das Kindergartenleben gefiel mir überhaupt nicht. Vor allem die strengen Regeln beim Essen oder Schlafen waren nichts für mich. Ich brauchte einfach meinen Freiraum! So gab es fast täglich Tränen, wenn ich in den Kindergarten gehen sollte und ich bettelte unaufhörlich, doch zu Hause bei meinem Vater bleiben zu dürfen. Als ich dann auch noch häufig Fieber bekam, war das Maß voll: Ich wurde vom Kindergarten wieder abgemeldet und durfte fortan daheim weiter mein beinah unbeschwertes Dasein genießen. Mein Eintritt in die Schule dagegen verlief problemlos. Ich wollte endlich zu den Großen gehören und freute mich auf meinen ersten Schultag. Der verlief völlig unspektakulär, denn auch an diesem Tag ging meine Mutter wie gewohnt zur Arbeit. Also begleitete mich mein Vater zur Schule und überreichte mir auch die Zuckertüte. Ob er der einzige Vater war, der seine Tochter allein zur Schule brachte, daran kann ich mich nicht erinnern. Dass er damals bereits zu den „alten Vätern" gehörte, wurde mir erst im Laufe meiner Schulzeit bewusst. Heute erscheint mir das nahezu lächerlich, denn Väter mit schulpflichtigen Kindern, die bereits die Fünfzig überschritten haben, gibt es mehr als genug. Und gerade in sogenannten Promikreisen ist es durchaus angesagt, erst im reifen Alter von über siebzig Vater zu werden und diese späte Vaterschaft auch entsprechend zu zelebrieren.

Endgültiger Abschied

Mutter starb an einem heißen Sommertag im Juli. Die Sonne brannte vom gnadenlos blauen Himmel und in den Blumenkästen an den Fenstern blühten üppig die Geranien. Vor der nahen Eisdiele ließ sich Groß und Klein das Eis in sämtlichen Farben und Geschmacksrichtungen schmecken. Der Geruch von reifem Getreide und Schwimmbad lag in der Luft.

In meiner Vorstellung war das kein Tag, um zu sterben. Aber so wie an jedem Tag geboren wird, wird auch an jedem Tag gestorben, egal ob es uns passt oder nicht oder wie gerade das Wetter ist. Der Tod hat seinen eigenen Kalender.

Am Tag vorher hatten mein Mann und ich Mutter noch einmal im Pflegeheim besucht, in dem sie seit geraumer Zeit lebte. Schon seit einigen Wochen sprach sie kaum noch ein Wort. Aber an diesem Abend fragte sie, als wir uns von ihr verabschiedeten: „Wo wollt ihr denn hin?" Mir wurde das Herz schwer, aber ich ahnte nicht, dass dies die letzten Worte sein sollten, die sie an uns richtete. Als am nächsten Morgen eine der Schwestern, die Mutter betreuten, anrief und sagte:

„Es wäre gut, wenn sie sofort kommen würden, es geht zu Ende," ließ ich alles stehen und liegen und machte mich auf den Weg ins Pflegeheim. Meinen 16-jährigen Sohn nahm ich auf die Fahrt dorthin mit. Ich wollte einfach nicht alleine sein. Es gab mir etwas Sicherheit, dass er im Auto neben mir saß und mich begleitete.

Im Krankenzimmer stand förmlich die Luft. Es war heiß und stickig. Selbst der eilig herbeigeschaffte Ventilator brachte kaum Abkühlung.

Mutter lag ganz ruhig in ihrem Bett, aber ihr Atem ging schwer und rasselnd. In den sich zwischen Schultern und Hals befindenden Vertiefungen, den sogenannten Salznäpfen, stand das Wasser.

Ich rief meine beiden Brüder an und informierte sie über Mutters Zustand. Der Jüngere der beiden zögerte kurz, machte sich aber dann auch auf den Weg. Er war immer Mutters Liebling gewesen und sie schien auf ihn zu warten. Der Ältere wohnte einfach zu weit weg, um noch rechtzeitig am Krankenbett zu sein. Meinen Sohn schickte ich bei passender Gelegenheit nach Hause. Er hatte für sein Alter genug gesehen.

Als mein Bruder dann endlich da war, dauerte es nicht mehr lange. Wir beiden Geschwister hielten abwechselnd Mutters Hand und sprachen leise mit ihr. So umsorgt schlief sie ganz friedlich ein.

Der Leitspruch in der Todesanzeige, die wenige Tage später in der Zeitung erschien und den wir Kinder gemeinsam ausgesucht hatten, lautete: „Die Mutter war's, was braucht's der Worte mehr."

Ja, es war alles gesagt.

Friedhofszwang

Regelmäßige Friedhofsbesuche gehören für mich in jeder Jahreszeit zum Alltag. Aber diese Besuche sind nicht erst jetzt, wo ich die siebzig schon überschritten habe, ein festes Ritual. Nein, bereits seit meiner Kindheit ist mir der Friedhof ein vertrauter Ort; noch dazu, wo in einer langen Reihe von Kindergräbern auf unserem Dorffriedhof auch zwei meiner Geschwister begraben lagen. Obwohl es diese beiden Gräber schon lange nicht mehr gibt und der Friedhof längst umgestaltet wurde, weiß ich noch genau, an welcher Stelle jeweils ein Steinkreuz an Dieter und Lotti erinnerte. Wenn ich allein oder auch mit meiner Mutter den Friedhof besuchte, war die Stimmung nicht nur traurig. Vielmehr trafen wir dort immer Leute, mit denen man einen Schwatz hielt und Neuigkeiten austauschte. So kann auch ein Friedhof ein durchaus kommunikativer Ort sein. Im Jahreslauf war es für mich immer besonders wichtig, Anfang November zum Fest Allerheiligen in meinem Heimatdorf zu sein. Die Einwohner schmücken dort an diesem Tag mit Einbruch der Dunkelheit die Gräber ihrer Lieben mit unzähligen Kerzen, so dass der Friedhof einem Lichtermeer gleicht und eine ganz besondere Atmosphäre entsteht. Da ich auch schon früh meinen Vater verlor, der auch auf diesem Friedhof begraben wurde, stellte die regelmäßige Grabpflege über viele Jahre eine immerwährende Verpflichtung dar. Die galt es, ohne Wenn und Aber zu erfüllen und Mutter überwachte diese Pflege streng. Sie vergaß in diesem Zusammenhang auch nicht, immer wieder zu betonen, dass, wenn sie einmal „Im Zittel" liegen würde, wir Kinder die Pflege ihres Grabes bestimmt vernachlässigen würden. „Im Zittel" ist die gängige Bezeichnung der Leute für den Friedhof, der sich am Rande des Dorfes in der Zittelstraße befindet. Als meine Mutter dann starb, wurde noch im gleichen Jahr das Grab meines Vaters eingeebnet. Die Liegezeit war abgelaufen. Aber ich hatte ja nun Mutters Grab zu pflegen und konnte mir auch dabei keine Nachlässigkeiten erlauben. Es war, als würde Mutter auch weiterhin dafür sorgen, dass sich kein Schlendrian einschlich. Ich bepflanzte das Grab im Wechsel der Jahreszeiten mit ihren Lieblingsblumen, vergaß weder Geburts- noch Todestag. Es schien, als würde sie mit mir sprechen: „Na, bist du auch mal wieder da?" Oder: „Jetzt wird es aber Zeit, dass du endlich kommst, alle anderen Gräber sind schon längst hergerichtet." So führte sie auch über ihren Tod hinaus „das Regiment". Der sich auf ihrem Grab prächtig entwickelnde Buchsbaum kam mir wie ein Symbol der Stärke vor, die meine Mutter auch über den Tod hinaus auszustrahlen schien. Als ich kürzlich auf den Friedhof kam, klebte am Grabstein ein gelber Zettel, der die Angehörigen darüber informierte, dass die Liegezeit abgelaufen ist und die Grabstelle demnächst beräumt wird. Mich beschlich ein komisches Gefühl. Nach 25 Jahren wird in diesem Herbst nun auch das Grab meiner Mutter eingeebnet. Ich glaube, mir wird etwas fehlen.

Blutige Erinnerung

Mit etwa acht Jahren kam ich das erste Mal ins Krankenhaus. Mich quälte eine äußerst schmerzhafte, langwierige Blasenentzündung, die einfach nicht besser werden wollte. Ein Wochenende stand vor der Tür und Mutter befiel die Angst, dass sich mein Zustand noch weiter verschlimmern könnte und keine ärztliche Hilfe zur Stelle wäre. Deshalb sorgte sie dafür, dass ich ins nahe Kreiskrankenhaus eingeliefert wurde, und sie begleitete mich selbstverständlich dorthin. Mutter ließ sich auch partout nicht abwimmeln, als man ihr erklärte, dass kein Arzt zu sprechen wäre, sondern sie blieb hartnäckig und verließ das Krankenhaus erst, als sie mit einem Arzt gesprochen hatte, der ihr meine weitere Behandlung erläuterte. Ich lag derweil schon gut zugedeckt in meinem Krankenbett und hatte die erste Spritze bekommen mit der Aussicht, dass die Therapie mit Tabletten fortgesetzt würde.

Als meine Mutter gegangen war, fragte mich eine der Frauen, die meine Mitpatientin war: „Ist das eben deine Oma gewesen?" Wie bitte? Meine Oma? Ich verstand die Frage nicht und antwortete ganz empört: „Das ist meine Mama!" Erst viel, viel später ist mir klar geworden, dass die grauen Haare, die Mutter schon in jungen Jahren hatte, sicher der Anlass für diese Frage gewesen sein musste. In der Frauenabteilung war ich bei meinem ersten Krankenhausaufenthalt gelandet, weil in der Kinderabteilung eine ansteckende Krankheit, ich glaube es handelte sich um Scharlach, herrschte.

So teilte ich das Krankenzimmer mit circa zwölf Mitpatientinnen, denn es war in den fünfziger Jahren durchaus üblich, die Kranken in großen Sälen unterzubringen. Mich störte das aber nicht, denn so hatte ich viel Abwechslung. Nach der anfänglichen strengen Bettruhe durfte ich aufstehen und inspizierte neugierig meine Umgebung. Ich spazierte von Bett zu Bett und hielt hier und da mit den Frauen ein Schwätzchen. Bekleidet war ich dabei nicht wie heute üblich mit einem Bademantel oder Jogginganzug, nein, ich zog mein warmes grünes Wintermäntelchen mit weißem Pelzbesatz über und erkundete so die ganze Station.

Im Laufe eines Krankenhaustages brachten vor allem auch die Mahlzeiten etwas Abwechslung. Gegen elf Uhr an jedem Morgen gab es für alle

Patienten Milch zu trinken, die ich aber nicht mochte. Irgendwann bekam ich mit, dass auch Buttermilch im Angebot war, die ich bis dahin nicht kannte. Ich probierte das kühle Getränk und bin seitdem Buttermilchfan.

Besonders spannend wurde es für mich immer dann, wenn bei meinen Mitpatientinnen Behandlungen direkt am Bett durchgeführt wurden und ich dabei problemlos zuschauen durfte. Dabei hat sich eine Blutegelbehandlung ganz tief in meinem Gedächtnis eingeprägt. Frau Donnerstag, die nicht nur einen lustigen Namen hatte, sondern auch immer sehr nett zu mir war, bekam die kleinen schwarzen Egel auf ihre krampfadergeplagten Beine gesetzt. Dort bissen sie sich fest und verrichteten ihr wohltuendes Werk, bis sie mit Blut vollgesaugt von allein abfielen. Für mich war dieses Prozedere keineswegs abstoßend. Ich fand es spannend und beobachtete das Schauspiel interessiert. Inwieweit Frau Donnerstag tatsächlich Nutzen aus dieser ungewöhnlichen, alternativen Behandlungsmethode zog, das weiß ich bis heute nicht.

Als mir viele Jahre später bei einer Kur auch eine Behandlung mit Blutegeln empfohlen wurde, erinnerte ich mich sofort an den schon so lange zurückliegenden Krankenhausaufenthalt in meiner Kindheit. So ähnlich wie bei Frau Donnerstag wurden auch bei mir einige Blutegel angesetzt, allerdings auf meinen schmerzenden Rücken. Und ganz ohne Scherz: Es hat auch (ein bisschen) geholfen!

Reizwäsche

Nachdem ich meine schlimme Blasenentzündung überstanden hatte, sorgte Mutter dafür, dass ich fortan nur dicke, angeraute Unterwäsche trug. Nur nicht verkühlen! Das war die Devise. Bis in meine Teenagerzeit begleiteten mich die „Bomber" genannten rosa Unterhosen, die weder schick noch gar sexy waren, aber ihre Funktion erfüllten. Auch später bevorzugte ich Baumwollunterwäsche ohne jeglichen Schnickschnack und meide bis heute Stringtangas und allzu knappe Unterwäsche.

Außerdem bläute mir Mutter tagtäglich ein: „Laufe nicht barfuß durch die Wohnung! Setze dich ja nicht auf kalte Steine! Geh nicht mit frisch gewaschenen Haaren `raus!" All diese Ratschläge verinnerlichte ich mehr oder weniger, wollte ich doch eine erneute Erkrankung und die damit verbundenen Schmerzen unbedingt vermeiden.

So achte ich auch bis heute penibel darauf, mich keinesfalls auf kissenlose Plastikstühle oder irgendein kaltes Mäuerchen zu setzen. Im Übrigen habe ich auch meistens ein Tuch dabei, das mich vor Zugluft schützt oder als Sitzunterlage dient.

So geschah es, dass auf unserer Amerikareise am Abend nach dem Besuch des Grand Canyons meine Trackinghose plötzlich über zwei verschieden lange Hosenbeine verfügte: Rechts ein langes, links ein kurzes. Sie wissen schon, Trackinghosen kann man der Witterung entsprechend anpassen und sie sowohl als lange Hose oder als Shorts tragen.

Was war mit meiner Hose passiert? Am Morgen, es war noch kühl, trug ich die Hose lang. Im Laufe des Tages wurde es warm und wärmer, so dass ich die Hose mittels Reißverschlüssen kürzte und die überflüssigen Hosenbeine in meiner Tasche verstaute. Während wir unterwegs irgendwo auf den Bus warteten, benutzte ich eines der Hosenbeine als Sitzunterlage getreu der Warnung: „Nur nicht auf kalte Steine setzen!" Unser Bus kam und wir brachen eilig auf. Das Hosenbein blieb liegen und vielleicht liegt es heute noch auf dem Mäuerchen am Grand Canyon im fernen Amerika. Unsere Reiseleiterin Bettina amüsierte sich prächtig, als ich ihr von meinem Missgeschick erzählte. Sie versprach, künftig ihre Gäste nicht nur daran zu erinnern, weder Handy, Ladekabel,

Schlüssel und so weiter liegen zu lassen, sondern auch abgetrennte Hosenbeine nicht zu vergessen.

Ein Foto, das mich mit Hosenbeinen unterschiedlicher Länge zeigt, kommentierte unser Sohn auf seine Art: „Das trägt man jetzt so!"

Ohrwurm

„Du bist nicht allein…" Einst sang diese Textzeile
Roy Black. Den Jüngeren wird dieser Name sicher
gar nichts sagen, uns Mädels im etwas
fortgeschrittenen Alter dagegen schon, war doch
der blendend aussehende Schlagersänger das Idol
unserer Jugend. Mit sehr viel Schmalz in der
Stimme und noch mehr Gefühl brachte der Sänger
uns Teenager zum Dahinschmelzen. „Du bist nicht
allein, wenn du träumst heute Abend…" Dieses
Lied hätte als Endlosschleife im Radio laufen
können, wenn sich nicht im Laufe des Lebens mein
Musikgeschmack gewandelt hätte.

Irgendwann, etliche Jahrzehnte später, tauchte
dieses „Du bist nicht allein" wieder auf. Mit dem
alten Roy-Black-Song hat es bis auf die
Anfangszeile nichts gemein. Schon als ich das Lied
das erste Mal hörte, spürte ich, dass es etwas hat,
was man so schwer in Worte fassen kann. Und je
öfter ich es hörte, umso mehr verursachte es mir
Gänsehaut, nahm es mich gefangen. Es ist sowohl
die wunderbare Melodie als auch der lyrische Text,
die mein Herz berühren. Meine Stimmung steigt
bei den rhythmischen Gitarrenklängen und ich

fühle mich einfach besser. „Du bist nicht allein und die böse Fee schrumpft klein…" Auch meine „böse Fee" schrumpft dann für eine Weile und kann mich nicht mehr behexen. Und weiter heißt es im Text: „Wenn der Mond dich neckt, sich im Tal versteckt, zieh ich ihn am Ohr und hol ihn dir hervor…" Ein tolles Bild! Vor allem, weil ich genau weiß, dass es in meinem Leben tatsächlich jemanden gibt, der genau das auch für mich tun würde. Eine hinreißende Vorstellung! Der Schluss des Lieds ist noch einmal Optimismus pur: „Du bist nicht allein, du wirst unverwundbar sein." Wer wünscht sich das nicht? Übrigens singt Heinz Rudolf Kunze diesen Song, der zu den Liedern meines Lebens gehört.

Haarige Erinnerungen

Kürzlich, beim Aufräumen, fiel er mir mal wieder in die Hände. Lange, sehr lange hatte ich ihn nicht mehr gesehen, obwohl wir doch früher so eng beieinander gewesen waren. In der hintersten Ecke einer Schublade fristet er sein dunkles Dasein. Eingehüllt in weißes Seidenpapier verbringt er seine Zeit. Jeden Umzug hat er mitgemacht, jede Mode überstanden. Seit über 50 Jahren kann ich mich nicht von ihm trennen. Warum eigentlich? Was hat er, dass ich ihn einfach nicht wegwerfen kann? Aber jetzt bin ich fest entschlossen! Ich fasse mir ein Herz und werde ihn endlich entsorgen: Meinen Pferdeschwanz – ein brauner Haarschopf, gebunden mit einer roten Schleife! Ich betrachte ihn noch einmal ausgiebig von allen Seiten, fühle das weiche Haar zwischen meinen Fingern, atme seinen Duft und – wickle ihn ganz langsam wieder ein, in eben dieses Seidenpapier, das schon etwas vergilbt und brüchig geworden ist in all den Jahren. Das Papier könntest du eigentlich mal erneuern, denke ich noch. Dann wandert das gute Stück samt meinen Erinnerungen wieder in die Schublade.

Aus zweiter Hand

Aus meiner Schulzeit existiert nur ein einziges Klassenfoto. Es ist eine Schwarz-Weiß-Aufnahme aus dem Jahr 1959. Ordentlich sortiert präsentiert sich die Klasse 2a vor der schmucklosen Fassade unserer Schule. In der ersten Reihe sitzen sämtliche Mädchen. Es sind nur neun an der Zahl, dahinter stehen akkurat auf zwei Reihen verteilt die achtzehn Jungen, flankiert von unserer Lehrerin Frau Z. Alle Mädchen tragen entweder ein Kleid oder einen Rock, kein einziges eine Hose. Ob das daran liegt, dass die Aufnahme im Sommer gemacht worden ist? Denn bis auf eine Ausnahme haben wir Mädchen allesamt Ringelsöckchen oder Kniestrümpfe an, die Jungen wahrscheinlich auch. Aber nur bei einem Jungen ist das auf dem Bild auszumachen. Was mir aber sofort ins Auge fällt: Ich trage an diesem Tag mein schönstes Kleid! Dieses Kleid habe ich auch noch nach über sechzig Jahren genau vor Augen: Aus hellblauem Kreppstoff mit Streublümchen gefertigt und ausgestattet mit einem weitschwingenden Rock war es ein absoluter Hingucker. Seinen ganz besonderen Pfiff aber bekam das Sommerkleid durch einen dazugehörigen Bolero aus dem gleichen Stoff. Zu dem guten Stück war ich durch eine Kleiderspende „aus dem Westen" gekommen. Freunde der Familie hatten Töchter in meinem Alter und schickten uns hin und wieder das eine oder andere gut erhaltene Kleidungsstück.

So sitze ich also voller Stolz in der Mitte der ersten Reihe in meinem schönen Kleid und lächle ganz entspannt ins Bild. Meine Haare sind wie immer zu einem Pferdeschwanz gebunden, der Pony ist akkurat geschnitten. Ich fühle mich sichtlich wohl und genieße es anscheinend, fotografiert zu werden, was damals ja noch nicht allzu oft passierte. Ob der Besuch des Fotografen angekündigt war und ich mich ganz bewusst chic gemacht hatte, das weiß ich nicht mehr. Das Bolero-Kleid ist übrigens nicht nur mir in Erinnerung geblieben. Als ich unlängst mit einer alten Schulfreundin plauderte, erzählte sie mir, dass sie mich genau um dieses besagte Kleid immer total beneidet hätte. Mir war das gar nicht aufgefallen. Wahrscheinlich hatte mich das Kleid völlig verzaubert und wohl auch ein wenig eitel gemacht.

Straßenkinder

Um mit den Kindern aus der Nachbarschaft zu spielen, bedurfte es keiner genauen Verabredung. Auch eine telefonische Absprache war weder nötig noch möglich, da in meiner Kindheit kaum jemand über ein Telefon verfügte. Man ging einfach auf die Straße raus und traf dort ganz bestimmt Kinder an, mit denen man gemeinsame Zeit verbrachte und diverse Spiele spielte.

Dafür brauchten wir auch in der Regel so gut wie kein Spielzeug, sondern wir begnügten uns mit den verschiedensten Naturmaterialien, die wir draußen fanden. So ersetzte etwa ein Stein die Kreide, um die Hüpfekästchen aufzuzeichnen oder das Spielfeld einzuteilen. Ein Springseil war ein einfacher Strick, und der fand sich irgendwo in Haus oder Hof und wurde nicht extra dafür angeschafft. Ein Stück Holz diente als Wurfgeschoss, um ein Spiel namens „Klipp" zu spielen, dessen Spielregeln etwas verwirrend waren, aber von den Älteren an die Jüngeren weitergegeben wurden.

Nur ein Ball war unverzichtbar, spielten wir doch leidenschaftlich gern Völkerball und veranstalteten regelrechte Straßenturniere. Für die Jungs stand natürlich das Fußballspielen an erster Stelle und derjenige, der einen richtigen Lederball mitbringen konnte, war der ungekrönte König.

Da es so gut wie keinen Autoverkehr gab, spielten wir ganz selbstverständlich auf der Straße und hatten kaum Gefahren zu befürchten. Außerdem waren Feld und Wald nicht weit, so dass wir uns auch dort ungehindert austoben konnten. Wir bauten Buden und Baumhäuser, spielten Verstecken und recht selten wurden uns Grenzen gesetzt. Nur als einmal beim Baumhausbau sogar Steigeisen verwendet wurden, um in den luftigen Höhen der Buchen zu bauen, bekam mein Bruder tüchtig Ärger. Unsere Eltern verlangten Auskunft über die Herkunft der Steigeisen und veranlassten die sofortige Rückgabe an den Besitzer. In solchen Höhen Baumhäuser zu errichten, erschien ihnen dann doch als zu gefährlich.

Gab es in der Schule mal eine sogenannte Freistunde, machte sich unsere Klasse im Sommer schnurstracks in den nahegelegenen Wald auf. Dort hatten wir im Schatten großer Linden einen Platz gefunden, auf dem wir kleine Stücke inszenierten und mit kargen Mitteln zur

Aufführung brachten. Umso erfreuter waren wir, als in späteren Jahren eine Theatergruppe unserer Schule Schillers „Kabale und Liebe" mehrmals auf der Bühne des Turnsaals aufführte und dafür viel Beifall bekam. Es war ein Großereignis für unser ganzes Dorf!

Leider blieb es bei einem einmaligen Ereignis. Heinrich von Kleists „Der zerbrochene Krug" kam aus unerfindlichen Gründen nicht wie geplant auf die Bühne. Schade, ich sollte nämlich die Eve spielen.

Billiges Vergnügen

Etwa drei Kilometer von meinem Heimatort entfernt befindet sich das Freibad Ritzenhausen. Es liegt ganz idyllisch tief im engen Tal eingebettet zwischen Buchenwäldern an einem natürlichen Bachzufluss. Dieser Bach sorgt für ständiges frisches Wasser im Schwimmbecken. Ein Bad darin ist aber auch nichts für „Frierkatzen". Das ist auch heute noch so.

In vielen Sommern meiner Kindheit lief ich mit meiner Schulfreundin fast jeden Tag in dieses Bad. Die zwanzig Pfennig Eintrittsgeld waren für uns erschwinglich. Essen und Trinken brachten wir uns von zu Hause mit und die etwas unterkühlten Wassertemperaturen störten uns nicht im Geringsten. Wir hatten uns schließlich daran gewöhnt und verbrachten so unbeschwerte Sommertage in diesem herrlichen Naturbad. Schwimmunterricht, so wie heute, gab es nicht. Also versuchte ich mir, das Schwimmen selbst beizubringen.

Die Schwimmbewegungen schaute ich mir bei den Schwimmern ab, machte sie nach und versuchte so, mich irgendwie über Wasser zu halten. Weder

Schwimmflügel noch Schwimmring halfen mir dabei. Vielmehr hielt ich mich mit einer Hand an einem Holzstamm fest, der den Nichtschwimmer- und den Schwimmerbereich voneinander abtrennte. Ich glitt daran entlang und machte mit dem freien Arm und den Beinen Schwimmbewegungen. Gab es einen schönen Sommer, übte ich so Tag für Tag und machte nach und nach Fortschritte, bis, ja bis ich tatsächlich schwimmen konnte. Noch traute ich mich nicht allein ins tiefe Wasser, aber ich hatte schon eine Idee, wie ich den nächsten Schritt auf dem Weg zum Schwimmer wagen könnte. Und dabei sollte wieder mal mein Bruder eine wichtige Rolle spielen. Der war natürlich mit seiner Clique auch regelmäßig im Freibad und hatte besseres zu tun, als sich um seine kleine Schwester zu kümmern. Trotzdem nahm ich all meinen Mut zusammen und bat meinen Bruder inständig, einfach im tiefen Wasser immer neben mir herzuschwimmen, damit ich mich sicher fühlen konnte. Erst war er skeptisch, aber dann erfüllte er mir meinen Herzenswunsch und so traute ich mich an seiner Seite das erste Mal ins Tiefe und schwamm durch das gesamte Becken. Ich hatte tatsächlich fast ohne fremde Hilfe Schwimmen gelernt! Voller Stolz berichtete ich allen davon und ging von da an noch viel lieber ins Bad. Meine Schwimmerkarriere nahm ihren Lauf, bis ich eines Tages während meines Studiums sogar die Prüfung als Rettungsschwimmer ablegte. Schwimmen ist bis heute noch immer eine meiner liebsten Freizeitbeschäftigungen und kein Freibad, See oder Meer vor mir sicher.

Leseleidenschaft

Bei uns zu Hause wurde gern und viel gelesen. Meine Eltern hatten nicht nur die Lokalzeitung abonniert, nein auch das vielleicht noch bekannte „Neue Deutschland", Zentralorgan der regierenden Partei sowie der „Tag des Herrn", das Monatsblatt der Katholischen Kirche wurden regelmäßig geliefert und natürlich auch gelesen; das eine von meinem Vater, der andere von meiner Mutter. Es herrschte also „friedliche Koexistenz" zumindest in unserem Briefkasten. Zusätzlich kam auch noch der „Lesezirkel" ins Haus, eine Mappe mit den verschiedensten Zeitschriften und Illustrierten, die zwar nicht mehr die allerneusten waren, dafür aber umso preiswerter, je länger ihr Erscheinungstermin zurücklag. Außerdem gab es in unserem Haushalt auch einen gut gefüllten Bücherschrank, der ein buntes Sammelsurium der verschiedensten Bücher enthielt. Mein Vater war Mitglied der „Büchergilde Guttenberg" und bekam so regelmäßig Bücher der unterschiedlichsten Autoren geliefert. Angefangen von Maxim Gorki, über Jack London oder B. Traven bis hin zu Ludwig Ganghofer war alles vertreten. So trafen sich in unserem Bücherschrank auch Dumas „Kameliendame" und Moravias „Römerin" ebenso wie Buschs „Max und Moritz" und Mark Twains „Tom Sawyer". Ein großes Märchenbuch, dessen Umschlag schon total verschlissen war, durfte in dieser illustren Gesellschaft natürlich nicht fehlen.

Jedes Familienmitglied hatte auch so seine speziellen Lesegewohnheiten: Mein Bruder kam aus der Schule und fing, ohne auch nur den Ranzen abzusetzen, sofort mit dem Lesen der Tageszeitung an. Ich habe das Bild noch genau vor Augen, wie er, ohne sich im Geringsten stören zu lassen, mit der Schultasche auf dem Rücken die Zeitung studierte. Meine Mutter las auch leidenschaftlich gern, vor allem diverse Romane (Sie ahnen es schon – den Ganghofer!), hatte aber viel zu wenig Zeit dafür als Berufstätige, Hausfrau und Mutter. Wenn sie nach dem sonnabendlichen Bügeln am Abend noch Muße zum Lesen fand, kniete sie sich auf einen Stuhl, stützte die Arme gepolstert durch ein Kissen auf den Küchentisch und vertiefte sich völlig in ihre Lektüre. Mehr als einmal passierte es aber, dass sie vor Erschöpfung dabei einschlief und wir sie friedlich schlafend kopfüber auf dem Küchentisch fanden.

Ich liebte es als Kind und liebe es noch heute, im Bett liegend zu lesen. War ich mal krank und musste das Bett hüten, gab es für mich nichts Schöneres, als in diversen Büchern zu schmökern. Dabei gehörte auch die Bibel zu meinen Lieblingsbüchern, vor allem das Alte Testament hatte es mir angetan. Ebenso gern las ich Heiligenlegenden, die ich mir bei unseren Nachbarn in der Küche auf dem Chaiselongue sitzend zu Gemüte führte.

Die besten Lesezeiten für mich brachen aber an, als mein Vater einige Jahre die Dorfbibliothek in unserem Ort leitete. Mehrmals in der Woche öffnete er die Bücherei, und ich durfte ihm bei der Ausleihe zur Hand gehen. Ich kam mir vor wie im Bücherparadies, konnte ich doch ungestört in einer umfangreichen Anzahl von Büchern stöbern und querbeet alles lesen, was mir unter die Finger kam. Herrlich! Von da an gab es für mich nur ein Hobby: Lesen! Und das ist bis heute so geblieben.

Nachsitzen

Wie ich schon erwähnte, bin ich mit zwei älteren Brüdern aufgewachsen und wurde als Nesthäkchen von der ganzen Familie sehr verwöhnt. Besonders für meinen Vater war sein kleines „Lieschen" sein Ein und Alles, aber auch meine Brüder liebten mich, ihre „Kleine" sehr. Mit meinem nur sechs Jahre älteren Bruder teilte ich mir nicht nur ein Zimmer, sondern er hatte auch die Aufgabe, sich in seiner Freizeit um mich zu kümmern, was er, aus verständlichen Gründen, mal mehr oder weniger gern tat. Wir spielten sehr oft zusammen, so zum Beispiel zelebrierte mein Bruder als vermeintlicher Pfarrer die Messe und ich musste den Ministranten spielen. Er brachte mir auch die Herstellung von Bonbons bei und weihte mich in das eine oder andere Geheimnis ein. Wir verbrachten viel Zeit draußen, trieben uns im Wald herum, bauten Hütten und spielten mit den anderen Kindern aus der Nachbarschaft Verstecken und Völkerball. Nur in der Schule, genauer gesagt auf dem Schulhof, wollte mein Bruder von mir, seiner kleinen Schwester, absolut nichts wissen. Wenn ich nach ihm rief, zischte er nur kaum hörbar „Hau ab!" Ich, etwas verwirrt, trollte mich und traute mich kaum noch in die Nähe der Großen, die natürlich besondere Privilegien genossen und auf dem Schulhof ihren Stammplatz hatten. Eines schönen Tages, mittlerweile ging ich bereits in die fünfte Klasse, fiel ich im Erdkundeunterricht, den ich an sich sehr mochte, durch besondere Schwatzhaftigkeit negativ auf. Der Lehrer, ausgerechnet auch noch der Klassenlehrer meines Bruders, fackelte nicht lange: „Du meldest dich nach deiner letzten Stunde bei mir. Dann wirst du in der Klasse deines Bruders nachsitzen," sagte er mit einer Stimme, die keinerlei Widerspruch duldete. Da hatte ich den Salat! Nachsitzen an sich wäre ja nicht so schlimm gewesen, aber ausgerechnet in der Klasse meines Bruders – ein Ding der Unmöglichkeit! Diese Blamage, wenn ich dort als kleine Schwester aufkreuzen würde! Was für eine Blamage für mich, aber eine noch größere für meinen Bruder. Seine ganze Klasse würde mich auslachen und ihn gleich mit. Und erst danach! Ich befürchtete das Schlimmste. Mein Bruder, der mich niemals schlug, würde bestimmt nicht an sich halten können und mir doch eine Ohrfeige verpassen und mir Vorwürfe über Vorwürfe machen. Wahrscheinlich würde er anschließend auch kein Wort mehr mit mir reden. All diese schrecklichen Vorstellungen quälten mich und sorgten dafür, dass mir das Schwatzen verging. Ganz langsam mit hängendem Kopf schlich ich nach der letzten Stunde die Treppe zum Dachgeschoss hinauf, wo sich der Klassenraum der „Zehnten" befand, die mein Bruder besuchte und wo ich nun nachsitzen sollte. Ich hatte alle Hoffnung aufgegeben, doch noch irgendwie glimpflich davon zu kommen. Der Erdkundelehrer empfing mich schon vor der Tür. Mir war zum Weinen zumute und ich konnte nur noch stammeln: „Bitte, bitte lassen Sie mich gehen, ich werde auch ganz bestimmt nicht wieder im Unterricht schwatzen!" Und schon heulte ich wie ein Schlosshund. Dieser Lehrer war ein Meister seines Faches und ein guter Psychologe dazu. Er wusste ganz genau, in welch misslicher Lage ich mich befand. Er hatte mich ja ganz bewusst in diese Situation gebracht. Da stand ich nun als reuiger Sünder und hoffte auf Gnade. Und das Wunder geschah: Mein Lehrer ließ mich tatsächlich gehen! Natürlich musste ich versprechen, künftig im Unterricht besser aufzupassen und nicht zu schwatzen. Noch mal Glück gehabt! Ein riesengroßer Stein rollte von meiner Seele. Schnell machte ich mich davon, immer zwei Treppenstufen auf einmal nehmend rannte ich aus der Schule. Meinem Bruder habe ich erst viel später von diesem Vorfall erzählt und erntete gehörigen Spott ob meiner Schwatzhaftigkeit. Erdkunde gehörte übrigens in meiner ganzen weiteren Schulzeit zu den absoluten Lieblingsfächern.

Nachhaltig

Heutzutage gehört ein künstlicher Weihnachtsbaum zur Grundausstattung in vielen Familien. Dass man so einen Baum Jahr für Jahr wieder verwenden kann, spricht absolut für ihn. Trotzdem können wir uns nicht dazu durchringen, solch ein als nachhaltig eingestuftes Exemplar zu erwerben, sondern jedes Jahr zu Weihnachten schmückt ein echter Baum unser Haus. In meiner Kindheit wurde der Christbaum beim Förster im Dorf gekauft. Auch beim örtlichen Gemüsehändler konnte man für kleines Geld einen Baum erwerben. Es handelte sich immer um eine Fichte. Andere Baumarten wurden gar nicht angeboten. Als bei uns einmal vergessen wurde rechtzeitig einen Weihnachtsbaum zu besorgen, zog meine Mutter am Heiligen Abend mit dem Äxtchen in der Tasche los und kam kurze Zeit später mit einem zwar kleinen, aber wunderschönen Bäumchen zurück. Weihnachten war gerettet und mein Bruder und ich machten uns an das Schmücken des Baumes, der wie in jedem Jahr mit den immer gleichen silbernen Kugeln und reichlich Lametta ausstaffiert wurde. Dass der Baum erst am 24. Dezember geschmückt wurde, war ungeschriebenes Gesetz und erst zur Bescherung erstrahlte er das erste Mal im vollen Lichterglanz der elektrischen Beleuchtung. Funktionierte die mal nicht, weil eines der Lämpchen defekt war, wurde der Kontakt vorschriftswidrig mit Lametta überbrückt, bis ein neues Lämpchen besorgt war. Selbstverständlich gehörte auch der Aufbau der Weihnachtskrippe zum Ritual. Diese Aufgabe nahm mein Bruder sehr ernst. Er besorgte Moos und Wachholderzweige und stattete die Krippe mit allerlei Extras aus. Mir gefiel besonders das Hirtenfeuer, welches er mit Hilfe von rotem durchscheinendem Papier und entsprechender Beleuchtung imitierte. Erst am 6. Januar, dem Dreikönigstag, erschienen an der Krippe die drei Könige Caspar, Melchior und Balthasar mit ihren Geschenken und dem Kamel, das der Kamelführer an der Leine führte. Da unsere Wohnstube nur zu den Feiertagen beheizt und benutzt wurde, war es kein Problem, dass Krippe und Weihnachtsbaum bis Anfang Februar zu Mariä Lichtmess stehen blieben, was bei vielen Familien so Brauch war. Es soll aber durchaus vorgekommen sein, dass bei einem Bauern im Dorf der Christbaum auch noch zur Kleinen Kirmes in der guten Stube stand. Diese fand im August statt, denn dann wurde sowohl dem Heiligen Cyriakus, dem Patron der Dorfkirche, gedacht, als auch Kirmes und Schützenfest gefeiert. Auf dem Weg zum Schützenplatz wunderten sich die Leute schon, dass der Christbaum noch immer in seiner ganzen Pracht hinter der Gardine zu erkennen war. Sollte der Baum vielleicht bis zum nächsten Weihnachtsfest durchhalten?

Mein erstes Mal

Ich muss damals etwa acht Jahre alt gewesen sein, so ganz genau weiß ich es gar nicht mehr. Auf jeden Fall machte ich meine erste große Reise in die weite Welt – nach Leipzig, um es genau zu sagen. Bis dahin war ich nicht über die Grenzen meines Heimatortes beziehungsweise die der nahgelegenen Kreisstadt hinausgekommen. Urlaubsreisen – so etwas gab es in meiner Kindheit in den 50er Jahren nicht. Deshalb war ich umso glücklicher, dass mich meine Schwägerin, die Frau meines ältesten Bruders, mit zu ihren Großeltern nach Leipzig nahm. Schon die Fahrt dorthin, die Zugstrecke führte durch das schöne Saaletal an alten Burgen und Schlössern vorbei, versetzte mich in freudige Aufregung, so dass ich mit meiner Begeisterung sämtliche Fahrgäste im Zugabteil amüsierte.

In Leipzig angekommen, nahmen wir Quartier in der Heimteichstraße bei Familie Weile, den Großeltern meiner Schwägerin Bärbel. Für mich als Dorfkind war es sehr ungewöhnlich, dass die Großeltern ein ganzes Stück weit von ihrer Wohnung entfernt noch einen Schrebergarten hatten, in dem sie fast täglich wirkten. Bevor es aber in den Garten ging, zeigte mir Bärbel erst einmal Leipzig von seinen schönsten Seiten. Wir besichtigten also das Völkerschlachtdenkmal, besuchten den Zoo und den Hauptbahnhof. Ich war glücklich, so viel sehen und erleben zu dürfen und sog alle Eindrücke wie ein Schwamm auf. In den Schrebergarten zu fahren, gestaltete sich für mich auch als kleines Abenteuer, denn meine Schwägerin setzte mich auf die Stange eines alten Herrenfahrrads und so fuhren wir zwar verkehrswidrig, aber in Ermangelung eines anderen fahrbaren Untersatzes relativ flott in das kleine Gartenparadies. Natürlich diente dieser Garten nicht nur der Erholung, sondern in erster Linie zum Anbau von Obst und Gemüse, damit die Versorgung mit frischen Produkten auch in einer Großstadt wie Leipzig gesichert war. Es wurde alles verarbeitet, was der Garten so hergab. Unter anderem stellten die Großeltern aus dem reichlich vorhandenen Obst auch selbst Wein her. Und dieser selbstgemachte Wein sollte mir zum Verhängnis werden. Eines Abends, die Familie saß nach einem anstrengenden Gartentag gemütlich beisammen, gab es genau diesen selbstgemachten

Obstwein zu trinken. Eigentlich tranken nur die Erwachsenen, aber auch ich wollte diesen Wein unbedingt einmal probieren. Auf mein inständiges Bitten hin, gab man mir ein kleines Gläschen davon zu trinken. Ich kostete den Wein und musste mich förmlich schütteln: „Brr, schmeckte der aber sauer!" Doch schnell stand die Zuckerdose auf dem Tisch und mein Wein wurde mir mit reichlich Zucker „versüßt". Oh weh, und schon nahm das Unheil seinen Lauf! Nachdem ich den gezuckerten Wein getrunken hatte, wurde mir auf einmal ganz seltsam zu Mute und als ich aufstehen wollte, gehorchten mir meine Beine nicht mehr. Ich fing an zu torkeln und plumps, da fiel ich um. Ich war schlicht und ergreifend besoffen! Nun war die Aufregung groß. Was sollte man mit dem offensichtlich betrunkenen Kind tun? Also trug man mich in mein Bett, wo ich ohne weitere Komplikationen die ganze Nacht meinen Rausch ausschlief und am nächsten Morgen auch ganz ohne Kater aufwachte. Meine Schwägerin hat mir im Nachhinein oft genug versichert, dass sie und die gesamte Familie sich große Sorgen um mich gemacht hätten und dass sie das schlechte Gewissen plagte, an meinem Zustand schuld gewesen zu sein. Man stelle sich doch nur einmal vor: ein achtjähriges Kind und total betrunken! Fortan verzichtete ich darauf, alkoholische Getränke auch nur zu probieren. Erst viel, viel später, ich studierte mittlerweile, war es selbstgemachter Stachelbeerwein, der seine berauschende Wirkung entfaltete. Aber das ist eine andere Geschichte.

Geliebte Schwester

Ich drehe mich vor dem Spiegel, betrachte mich von allen Seiten, probiere die verschiedensten Posen in einem schicken neuen Sommerkleid. Es ist buntgemustert, hat einen weitschwingenden Glockenrock, einen großen Kragen und in der Taille einen schmalen weißen Gürtel. Ich lächle und mein Spiegelbild lächelt zurück. Leise summe ich vor mich hin und bin einfach nur glücklich.

Plötzlich ertönt aus dem Hintergrund eine Stimme: „Wieso hast du mein Kleid angezogen?" Die Stimme klingt traurig, aber auch ein wenig vorwurfsvoll.

Ich drehe mich um und schaue in die braunen Augen meiner Schwester. Sie mustert mich liebevoll streng, sagt aber kein einziges Wort. Mich plagt sofort das schlechte Gewissen. Wie konnte ich nur! Einfach so, ohne zu fragen, das Kleid meiner Schwester anziehen. Ich beginne zu schwitzen und versuche, möglichst schnell das verflixte Kleid abzustreifen, was mir aber erst nach mehreren Versuchen gelingt. Kühle umfängt mich, von meiner Schwester ist weit und breit nichts mehr zu sehen. Dann wache ich auf.

Bärbel ist die Schwester, die ich mir immer gewünscht habe. Als wir uns kennenlernen, gehe ich bereits das erste Jahr zur Schule und habe längst beschlossen, später einmal Lehrerin zu werden. Dass meine zukünftige Schwägerin studiert, um auch Lehrerin zu werden, erscheint mir wie ein glücklicher Fingerzeig. Aber auch ohne diesen Umstand, erobert Bärbel nicht nur mein Herz im Sturm, nein auch alle anderen Familienmitglieder nimmt sie mit ihrer Herzlichkeit und ihrem Charme gefangen. So wird sie problemlos in unseren Familienclan aufgenommen und findet dort von Anfang an ihren Platz. Als Bärbel nach ihrem Studium bei uns im Dorf ihre Stelle als Deutsch- und Russischlehrerin antritt, sind alle Familienmitglieder mächtig stolz, denn eine Lehrerin gab es bis dahin in unserer Familie noch nicht.

Für mich ist ganz besonders wichtig, dass mich Bärbel trotz des Altersunterschieds von zwölf Jahren ernst nimmt, meine kleinen Sorgen nicht einfach abtut, sondern dass ich alles mit ihr besprechen kann. Sie erzählt mir auch oft Geschichten aus Büchern, die sie gelesen oder von Filmen, die sie gesehen hat. Das tut sie so anschaulich, dass ich später, als ich den einen oder anderen Film selbst im Kino oder Fernsehen sehe, mich haargenau an jede Szene erinnere und ich den Eindruck habe, ich hätte den Film schon einmal gesehen. Worüber ich ganz besonders glücklich bin, Bärbel nimmt mich auch mit auf kleine Reisen zu Verwandten und Freunden, bin ich doch als „Landei" bis dahin noch nicht groß über die Grenzen meines Heimatortes hinausgekommen. An Bärbels Seite fühle ich mich sicher, sie weckt die Sehnsucht nach Ferne in mir, macht mich neugierig auf fremde Menschen. Gleichzeitig gibt sie mir Geborgenheit und stärkt mein Selbstvertrauen. Dass sie mir außerdem noch Häkeln und Stricken beibringt, neue Spiele mit mir und meinem Bruder spielt, mit mir das Fahrradfahren übt und sich auch sonst liebevoll um mich kümmert, ist für mich ein großes Glück. Und so bin ich schon ein bisschen traurig, als die junge Familie, mittlerweile habe ich einen kleinen Neffen, aus beruflichen Gründen nach Berlin zieht. Trotz der großen Entfernung und der damals sehr bescheidenen kommunikativen Möglichkeiten, wir haben weder Telefon noch Internet, bleibt unser Verhältnis eng. So ist es auch nicht verwunderlich, dass bei meiner Berufswahl

Bärbel eine ganz entscheidende Rolle spielt. Sie bestärkt mich darin, Lehrerin zu werden und unterstützt mich beim Studium so gut sie kann. Ich nutze daher jede sich bietende Gelegenheit, um nach Berlin zu fahren und die Familie meines Bruders zu besuchen. Da das Geld bei mir knapp ist, bin ich oft per Anhalter unterwegs. Das ist meiner Schwägerin gar nicht recht, macht sie sich doch Sorgen, dass mir etwas zustoßen könnte. Deshalb gibt sie mir großzügiges Fahrgeld und dringt darauf, unbedingt auf der Heimfahrt den Zug zu benutzen und auf keinen Fall wieder zu trampen. Ich ignoriere ihre gut gemeinten Ratschläge, nutze die S-Bahn bis an den Stadtrand und fahre dann doch wieder per Anhalter weiter, habe ich doch das Geld längst für andere wichtige Sachen eingeplant. Ob das meine Schwägerin geahnt hat? Ich denke schon, aber sie hat mich nie mit Fragen zu diesem Thema in Verlegenheit gebracht.

Dass ich mein Studium erfolgreich abschließen konnte, hat sie sicher besonders gefreut, trat ich doch sozusagen in ihre Fußstapfen.

In den nachfolgenden Jahren forderte mich mein Beruf. Ich lernte meinen Mann kennen, wir heirateten und gründeten eine Familie. Auf unserer Hochzeit tanzte meine Schwägerin ausgelassen. Sie sprühte förmlich vor Lebenslust. So zeigt es ein Foto, das auf der Hochzeitsfeier aufgenommen wurde. Dass danach die Zeit für Besuche weniger wurde, war einfach den Lebensumständen geschuldet. Trotzdem: Den Kontakt zu meiner Schwägerin und ihrer Familie habe ich nie verloren. Umso betrübter war ich, als ich Anfang der achtziger Jahre durch einen Brief meines Bruders erfuhr, dass bei Bärbel ein Hirntumor festgestellt wurde. Die Untersuchung im damals ersten Computertomographen des Landes in Berlin-Buch zeigte diesen Tumor klar und deutlich. Bärbel wurde sofort operiert. Im anschließenden Gespräch erklärte der Professor meinem Bruder: „Die Operation an sich ist zwar erfolgreich verlaufen, wir konnten jedoch nicht sämtliches Tumorgewebe entfernen." „Und was heißt das?" fragte mein Bruder verstört. „Das heißt, dass wir sonst zum Beispiel das Sprachzentrum verletzt hätten oder andere Funktionen des Gehirns wären stark beeinträchtigt worden. Das wollten wir vermeiden." „Und wie geht es jetzt weiter?" „Schwer zu sagen, ihre Frau hat vielleicht noch drei, höchstens vier Jahre zu leben, machen sie das Beste daraus." Damit war das Gespräch beendet. Geschockt verließ mein Bruder das Krankenhaus, nicht weniger geschockt reagierte die ganze Familie auf diese Nachricht.

Die erste Zeit nach der Operation verlief erfreulich, Bärbel ging es besser, sie fing sogar wieder an zu arbeiten. Für ein paar Stunden war sie in einer Bibliothek beschäftigt. Aber es dauerte nicht lange und Bärbels Gesundheitszustand verschlechterte sich wieder, wenn auch schleichend, aber unaufhörlich. Bei einem Besuch erklärte sie mir mit Bestimmtheit, dass eine erneute OP für sie nicht in Frage käme. Zu viel hätte sie schon gelitten.

Mein Bruder kam in dieser Zeit auf die Idee, seiner Frau einen langgehegten Wunsch zu erfüllen: Er schenkte ihr einen Hund! Blacky, ein schwarzer Pudel, sollte sie dazu bringen, täglich nach draußen zu gehen, um so in Bewegung zu bleiben. Am Anfang ging die Rechnung auch auf, das lebhafte Hundetier brachte zwar viel Unruhe ins Haus, aber auch Freude und glückliche Momente. So empfingen mich bei einem Besuch ein durch die Wohnung flitzender Pudel und eine sich immer langsamer bewegende Bärbel. Mir wurde klar, sie hatte in dem Hund einen treuen Begleiter gefunden, aber sie würde ihn bald nicht mehr allein ausführen können. Denn oft fiel sie ohne Vorwarnung um und verletzte sich oder es kam zu brenzligen Situationen im Straßenverkehr.

Bedrückt reiste ich wieder ab und ahnte, dass die Zeit des Abschieds von meiner Schwägerin näher rückte. Immerhin hatte sie schon drei Jahre nach der Operation überlebt. Sollte die Prognose des Arztes stimmen, bliebe ihr noch ein Jahr. Würde sich die Voraussage tatsächlich bewahrheiten?

In den wenigen Briefen meines Bruders, die er hauptsächlich an unsere Mutter richtete, war er bemüht, Hoffnung zu wecken. Aber meiner Schwägerin ging es immer schlechter. Sie kam zum Liegen und brauchte nun rundum Betreuung, so dass die Einweisung in eine Klinik unumgänglich wurde.

Als ich sie in dieser Klinik besuchte, fiel es mir sehr schwer, Haltung zu bewahren und nicht einfach loszuweinen, so sehr nahm mich ihr geschwächter Zustand mit. Ich riss mich zusammen und war bemüht, durch geschäftigen Aktionismus eine lockere Atmosphäre zu verbreiten, was mir aber mehr schlecht als recht gelang und von meiner

Schwägerin sicher durchschaut wurde. Als ich die Klinik wieder verließ, heulte ich wie ein Schlosshund. Es war vorbei mit dem „Zusammenreißen". Ich spürte nahezu körperlich den Schmerz, meine „große Schwester" leiden zu sehen und ihr nicht helfen zu können. Aber das war nur der Anfang.

Unaufhaltsam wuchs der Tumor in ihrem Kopf, unaufhaltsam ging es mit ihr bergab. Ohne wirksame Schmerztherapie litt sie unsäglich. Bei meinem letzten Besuch erkannte ich Bärbel kaum wieder. Abgemagert und von unerträglichen Schmerzen geplagt, bot sie ein Bild des Jammers. Ich war fassungslos, dass sie kaum reagierte und nur leise vor sich hin wimmerte. Nur mein Bruder konnte sie etwas beruhigen. Er umsorgte sie mit unendlicher Liebe und Geduld, was ihr offensichtlich guttat. Mich schaute Bärbel nur mit großen Augen an, sprach aber kein einziges Wort mit mir. Weinend und mit bangem Herzen verließ ich das Krankenzimmer.

Nur wenige Wochen danach erreichte uns die Todesnachricht. Tieftraurig, aber auch mit der Gewissheit, dass meine Schwägerin endlich ihren Frieden gefunden und von allen Schmerzen befreit war, trugen wir sie zu Grabe. Sie wurde nur 45 Jahre alt und überlebte die Operation fast auf den Tag genau vier Jahre.

Zu Bärbels Grab zieht es mich bis heute nicht hin. Ich spüre dort keine Nähe. Die Erinnerung an sie trage ich in meinem Herzen. Und manchmal, manchmal träume ich von ihr.

Schwiegermutter Geschichte

Als ich meine Schwiegermutter Anfang der siebziger Jahre kennenlernte, lebte sie schon über 25 Jahre in Thüringen. Bei meinem ersten Besuch in der Familie empfing mich eine freundliche mittelgroße, schlanke, um die Hüften etwas füllige Frau von Mitte vierzig. Sie war adrett gekleidet und hatte dauergewelltes blondes Haar, in dem schon die ersten grauen Strähnen sichtbar wurden. Ihr Auftreten war eher zurückhaltend. Mein Schwiegervater führte in der Familie die Regie. Erst im Laufe der Zeit erfuhr ich mehr über sie und das Leben, das sie gelebt hatte, bevor sie im August 1945, ihre Heimat, das Sudetenland, verlassen musste.

Ihr Sohn, mein späterer Mann, erzählte so gut wie nichts darüber, wurde er doch genau wie ich erst nach dem Zweiten Weltkrieg Anfang der Fünfziger Jahre geboren. Sicher hatte er ganz am Anfang unserer Beziehung mal erwähnt, dass seine Eltern nicht aus Thüringen stammten, aber da seine Familie schon so lange hier lebte, wurde das Thema nicht weiter erörtert. Nur am Dialekt meines Schwiegervaters konnte man die fremde Herkunft immer noch heraushören. Bei meiner Schwiegermutter war das nicht auf Anhieb zu erkennen, aber auch sie verwendete Wörter und Redewendungen, die mir nicht geläufig waren. Sie kochte auch gern die Gerichte ihrer sudetendeutschen Heimat, Knödel, Mehlspeisen, Aufläufe, mit denen ich mich sehr schnell anfreundete. Vor allem die Knödel aller Art, die sie hervorragend zubereitete, gehörten fortan zu meinen Lieblingsessen. Erstaunt war ich auch, als ich mitbekam, dass sie bereits in der Schule Englisch gelernt hatte und ihr Englischwörterbuch noch immer aufbewahrte. Und so erfuhr ich Stück für Stück immer mehr Einzelheiten aus ihrem bewegten Leben:

Meine Schwiegermutter Gertrud wurde im März 1928 als Älteste von zehn Kindern in einem kleinen Dorf im damaligen Sudetenland geboren. Ihre Eltern waren wohlhabende Bauern, die einen großen Bauernhof mit dazugehörigen Feldern, Wiesen und auch Wald bewirtschafteten. Die kleine Gerdi, so wurde sie von allen liebevoll genannt, wuchs unbeschwert auf, denn auf dem großen Hof lebten auch die Großeltern, die ihr erstes Enkelkind, das Gerdi ja war, ganz besonders ins Herz geschlossen hatten und verwöhnten. Zu ihrer Großmutter mütterlicherseits muss sie ein ganz besonders inniges Verhältnis gehabt haben, denn den Namen „Hauschildgroßmutter" erwähnte sie oft. Zur großen Freude ihrer Eltern wurden nach fünf Töchtern auch noch fünf Söhne geboren, alles Hausgeburten und sogar zweimal Zwillinge! wie meine Schwiegermutter immer voller Stolz erzählte.

Aber wie hatten sich die Zeiten geändert! Als der jüngste Bruder im Mai 1945 auf die Welt kam, lag halb Europa in Trümmern und der Krieg hatte tiefe Wunden auch in die ländliche Idylle des Sudetenlandes geschlagen. Gerdi hatte mittlerweile die sogenannte Bürgerschule in der nahen Kreisstadt Komotau erfolgreich abgeschlossen (daher die Englischkenntnisse!) und hätte liebend gern eine kaufmännische Lehre begonnen. Aber der Krieg mit all seinen Folgen machte ihr einen dicken Strich durch sämtliche Lebenspläne und Zukunftsträume.

Im August 1945 musste die gesamte Familie innerhalb von nur wenigen Stunden mit ein paar Habseligkeiten im Handgepäck (darunter Gerdis Englischbuch) den Hof und damit ihre Heimat verlassen; im Kinderwagen der gerade mal drei Monate alte Ernst. Als der Vater das Hoftor sorgfältig verschloss, ahnte er nicht, dass er und seine Familie niemals wieder zurückkehren würden. Das Sudetenland, das Hitler in einer Nacht– und Nebelaktion „Heim ins Reich" geholt hatte, kam gemäß der Nachkriegsordnung der Siegermächte zurück zur Tschechoslowakei.

Meine Schwiegermutter, zu diesem Zeitpunkt siebzehn Jahre alt, erlebte als Älteste der zehn Geschwister diese „Umsiedlung" wie es im Amtsdeutsch hieß, ganz bewusst als Vertreibung aus ihrer angestammten Heimat, als unwiederbringlichen Verlust. Sie erzählte, dass die Familie nach tagelanger Bahnfahrt in Viehwaggons und stundenlangem Warten auf den verschiedensten Bahnhöfen hungrig und voller Angst vor der Zukunft in Mühlhausen ankam und von dort in ein kleines Bauerndorf transportiert wurde. Hier kam Gerdi aber nicht etwa mit ihrer Familie zusammen unter, nein: Sie wurde, da sie ja im arbeitsfähigen Alter war, bei Bauern einquartiert, die sie quasi als Magd beschäftigten. Ihr Glück war, dass alle aus dieser Familie meine Schwiegermutter aber niemals als Magd behandelten. Vielmehr wurde sie ganz selbstverständlich als ebenbürtiges Familienmitglied betrachtet, dem man zeitlebens in enger Freundschaft verbunden blieb. Dieser menschliche Umgang trug maßgeblich dazu bei, dass Gerdi, so wurde sie auch in ihrer „Pflegefamilie" gerufen, nicht völlig am Leben verzweifelte. Vor allem, wenn sie wieder einmal von einigen Leuten aus dem Dorf zu hören bekam: „Wenn ihr dort, wo ihr hergekommen seid, tatsächlich was gehabt hättet, wärt ihr doch bestimmt dortgeblieben!" Wie sehr muss diese Boshaftigkeit oder war es eher Dummheit? das junge Mädchen verletzt haben!

Auf den Fotos, die damals entstanden, sieht man ein junges hübsches Mädchen, das auf dem Heiratsmarkt bestimmt sehr begehrt war. Meine Schwiegermutter erklärte uns dazu, noch immer mit Stolz in der Stimme: „Verehrer hatte ich genug, alles reiche Bauernsöhne aus dem Dorf, aber die wollte ich auf keinen Fall!" Nein, sie entschied sich ganz bewusst für ihren Franz, einen stattlichen Mann mit dunklem Haar und braunen Augen, der ebenfalls um sie warb. Und was für sie wahrscheinlich viel wichtiger war: Mit ihm verband sie ein ähnliches Schicksal, da er genau wie sie aus dem Sudetenland stammte und auch von dort vertrieben worden war.

Mit diesem Mann, der gütig und streng zugleich war, bekam sie vier Kinder, erlebte Höhen und Tiefen, wie sie jedes Leben bereithält. Aber die beiden hat die schwere Zeit nach dem Krieg auf jeden Fall ganz fest zusammengeschweißt. Meine Schwiegermutter muss bei ihm so etwas wie eine Heimat gefunden haben, etwas, woran sie eigentlich nicht mehr geglaubt hatte.

An seiner Seite vergaß sie, nein sie verdrängte es wohl nur, das ihr angetane Unrecht. Gemeinsam bewirtschafteten sie einen großen Schrebergarten, der zum Lebensinhalt der ganzen Familie wurde. In diesem Garten blühte meine Schwiegermutter förmlich auf. Sie hackte und jätete unermüdlich, kein Unkraut war vor ihr sicher. Ihr erster Griff ging immer zu Messer und Eimer und schon machte sie dem Unkraut den Garaus. Obst und Gemüse gediehen prächtig und die Versorgung der Familie war garantiert. Aber sie verließ den Garten auch nie ohne Blumen, sorgfältig zu einem Sträußchen gebunden. Nur sehr selten gönnte sie sich einmal Ruhe. Nie habe ich sie klagen gehört, nie wurde ihr die manchmal anstrengende Gartenarbeit zu viel.

Als ihr Mann ganz plötzlich starb, sie war gerade mal 54, brach die Welt für sie zusammen. Mein Schwiegervater hatte, wie ein gütiger Patriarch die Familie regiert und war deren unumstrittener Mittelpunkt. Meine Schwiegermutter, dieses Mittelpunkts beraubt, war untröstlich und verwand seinen Tod nie. Die Vertreibung aus ihrer sudetendeutschen Heimat und der frühe Verlust ihres Ehemannes empfand sie gleichermaßen als eine zum Himmel schreiende Ungerechtigkeit.

Sie haderte unablässig mit ihrem Schicksal und verzweifelte fast am Leben. Vor allem fand sie auch keine Ablenkung in ihrer Arbeit, im Gegenteil. Da sie mit ihrem Mann gemeinsam auf einer Kreisbehörde gearbeitet hatte, erinnerte sie tagein tagaus alles ringsum an ihn: Der täglich gemeinsam absolvierte Arbeitsweg, die miteinander verbrachten Pausen, derselbe Kollegenkreis. Was einst eine glückliche Fügung war, erwies sich nun als bedrückender Umstand.

Auch bei ihren Kindern und der mittlerweile großen Enkelschar fand sie kaum Trost. Trost spendete ihr nur der Garten, in den sie, als sie dann

Rentnerin war, Tag für Tag ging und unablässig wirkte.

Auch nach zwanzig Jahren erlebte sie den plötzlichen Herztod ihres Mannes noch immer so, als wäre er gerade eben geschehen und beklagte ihr Schicksal.

Als sie, die nie krank gewesen war, zu diesem Zeitpunkt an Darmkrebs erkrankte, hatte diese tückische Krankheit ein leichtes Spiel und sie einfach keine Kraft mehr, sich dagegen zu wehren. Nur fünfzehn Monate blieben ihr nach der Diagnose noch zu leben, Zeit, die ich intensiv mit ihr verbrachte. Und wir beide, die unterschiedlicher nicht sein konnten, kamen uns nah, so nah, wie es vorher nie gewesen war. Ich sehe sie noch in ihrem roten gesteppten Morgenmantel am Tisch im Wohnzimmer sitzen und Zwetschenknödel formen. Jede einzelne Zwetsche umhüllte sie sorgfältig mit Kartoffelteig und rollte sie zu einer gleichmäßigen Kugel. Es war Herbst und somit die beste Zeit für diese sudetendeutsche Spezialität, ihre Spezialität. Immer hatte sie diese Arbeit stehend in ihrer Küche verrichtet. Aber jetzt war sie schon so geschwächt, dass sie nur im Sitzen hantieren konnte. Ich wusste in diesem Moment, dass es das letzte Mal war, dass sie Zwetschenknödel, die für sie so typische Speise, für uns zubereitete. Zu meinem Mann sagte ich daher: „Iss die Knödel mit Verstand, so bekommst du keine wieder." Aber mein Mann wusste selbst, wie schlecht es um seine Mutter stand. Auch ihr Hausarzt, der sie in immer kürzeren Abständen besuchte, bestätigte meine Befürchtungen: Sie hatte nur noch kurze Zeit zu leben. Meine Schwiegermutter spürte das und sagte zu mir: „Ich weiß, dass ich bald sterben muss." Und ich brachte es nicht fertig, sie zu belügen und schwieg. Wir weinten gemeinsam und dann besprach sie die letzten Dinge des Lebens mit mir: Auf einem Zettel hatte sie notiert, wie die Trauerfeier ablaufen und welche Musik gespielt werden sollte. Selbst den Text für eine Anzeige in der Zeitung hatte sie formuliert, ebenso die Danksagung. Sie hatte keine Scheu, dem nahen Tod ins Auge zu schauen. Auf einmal war sie stark, so unglaublich stark. Bis zum Schluss war sie klar im Kopf und voller Ungeduld höre ich sie sagen: „Wann ist denn das mit dem Sterben endlich vorbei?"

Sie starb mit 74 Jahren zu Hause in ihrem Bett, ganz so, wie sie es sich immer gewünscht hatte. Auf der

Trauerfeier erklang, wie sie es bestimmt hatte, der Gefangenenchor aus Verdis „Nabucco", aber auch das Lied „Feierobnd" ('s ist Feierabend) vom sudetendeutschen Volksdichter Anton Günther wurde gespielt. Beigesetzt haben wir sie im Grab ihres Mannes. Auch das hatte sie so verfügt.

Schwerwiegende Probleme

Nach den Schuhen vor der Wohnungstür zu urteilen, lebte einer der Bewohner auf ziemlich großem Fuß. Neben Damenschuhen in gängiger Größe standen Herrenschuhe, die mir riesig vorkamen. Bestimmt war es Größe 47. Zu Gesicht bekommen hatte ich die Person, genauer gesagt diesen Mann, zu dem diese „Quanten" gehörten, noch nicht. Wir waren erst vor ein paar Tagen in die Wohnung gegenüber gezogen und hatten unsere neuen Nachbarn noch nicht kennengelernt. Auf jeden Fall stellte uns der Umzug in die fünfte Etage eines Plattenbaus vor ungeahnte Herausforderungen, denn einen Aufzug gab es natürlich nicht. Noch dazu mussten wir auch auf die professionelle Hilfe und Unterstützung eines Umzugsunternehmens und die dazugehörigen Möbelpacker verzichten, da unser Umzug aus der einen in die andere thüringische Kleinstadt sehr kurzfristig organisiert werden musste. Daher war die ganze Familie gefragt, um diese Aktion zu stemmen und tatsächlich fanden sich genügend Helfer. Irgendwann waren sämtliche Möbelstücke und Kisten nach oben geschleppt und die grobe

Ordnung in der Wohnung hergestellt. Jetzt galt es, sich im neuen Heim wohnlich einzurichten. Deshalb waren auch neue Polstermöbel bestellt worden, deren Lieferung nach relativ kurzer Zeit auch erfolgen sollte. Am ausgemachten Termin machte sich freudige Erwartung unter den Familienmitgliedern breit, aber die Lieferung ließ auf sich warten, so dass die Stimmung Stunde um Stunde sank. Wo blieben nur unsere Möbel? Diese Frage stellten wir uns immer wieder, bis gegen Abend laut an unsere Wohnungstür geklopft wurde. „Unten im Hausflur stehen ein Sofa und zwei Sessel. Die gehören doch bestimmt Ihnen", hörten wir jemanden rufen. „Ihre Klingel scheint nicht zu funktionieren, die Möbelträger konnten Sie nicht erreichen." Da hatten wir die Bescherung! Was war passiert? Oder besser: Was sollte nun mit unseren schicken Polstermöbeln unten im Flur passieren? Die konnten mein Mann und ich unmöglich allein in den fünften Stock schleppen. Was also tun? Kurzentschlossen klingelte ich bei unseren neuen, noch unbekannten Nachbarn. Die Nachbarin öffnete die Tür, lächelte freundlich und hörte sich unser etwas beschwerliches Anliegen an. Gleich darauf erschien auch ihr Mann. Wie vermutet, war er ein sehr großer, ein sehr kräftiger Mann, wie gemacht fürs Möbelschleppen. Viel erklären mussten wir ihm nicht. Ohne zu zögern, packte er mit an und schon nach kurzer Zeit standen sowohl das neue Sofa als auch die beiden Sessel an ihrem Platz in unserer neuen Wohnung. Diese schweißtreibende Hilfsaktion war der Beginn einer guten Nachbarschaft und einer wunderbaren Freundschaft, die nun schon über vierzig Jahre hält. Wir sind zwar schon lange keine Nachbarn mehr, aber unsere Freundschaft hat den Stürmen der Zeit getrotzt und verbindet uns noch immer. Übrigens, unsere Klingel hatte mein Mann damals wegen des Mittagsschlafes unseres Sohns abgestellt und vergessen, sie wieder anzustellen. Kleine Ursache, große Wirkung!

Freund auf Zeit

„Ein Tier in unserer Neubauwohnung? Auf gar keinen Fall! Auch kein ganz kleines. Punkt. Ende der Diskussion!" Wieder einmal wurde das Betteln unserer Söhne, doch endlich ein Haustier anzuschaffen, kategorisch abgewiesen. Aber wie so oft im Leben kommt es erstens anders und zweitens als man denkt. Irgendwann in der Vorweihnachtszeit hatten uns unsere Kinder, die damals im Grundschulalter waren, dann endlich so weit: Ein Vogel, genauer gesagt ein Wellensittich, sollte der langersehnte tierische Hausgenosse in unserer Familie werden. Die letzte Überzeugungsarbeit war durch eine Kollegin geleistet worden, ihre Argumente einfach nicht zu ignorieren: „Ihr braucht unbedingt ein Haustier und so ein Wellensittich ist dafür bestens geeignet. Eure beiden Jungs werden Spaß haben und lernen nebenbei, Verantwortung für jemanden zu übernehmen. Außerdem, ihr könnt gerne sowohl Vogelbauer als auch Vogelfutter sowie Spielzeug von uns bekommen. Ihr wisst ja, unser Pitti braucht das alles nicht mehr." Beim letzten Satz wischte sie sich verstohlen über die Augen. Der Verlust ihres einst so sprachbegabten Wellensittichs „Pitti", schien sie immer noch mitzunehmen. Den endgültigen Ausschlag für die Anschaffung eines Wellensittichs gab dann das Gespräch mit unseren Nachbarn. Die waren auf jeden Fall tierlieb, denn sie hatten ein großes Aquarium mit diversen Fischen. Und so erklärten sie sich auch bereit, im Notfall die Betreuung unseres zukünftigen Haustiers zu übernehmen. Da wir oft und gern reisten, erschien uns eine solche Absprache schon im Vorfeld unbedingt nötig. Kurz vor Weihnachten war es dann so weit: Ein WS grün, so die Bezeichnung auf dem Kassenzettel, wechselte für 15 Mark der DDR seinen Platz in einer großen Voliere der örtlichen Zoohandlung mit dem in einem kleinen Vogelbauer in unserer Neubauwohnung. Vorerst wurde der neue Mitbewohner aber bei den Nachbarn untergebracht, denn der Vogel sollte ja die Weihnachtsüberraschung für unsere Kinder werden. Als dann am Weihnachtsabend das Tuch über dem Vogelkäfig gelüftet wurde, war die Überraschung zwar groß, aber schnell wurde auch klar, dass niemand so richtig wusste: Was nun anfangen mit dem ganz verschüchtert auf seiner

Stange sitzenden Tier? Im Internet nachzuschauen war noch nicht möglich, ein entsprechendes Buch zu erwerben nicht so leicht. Also: „Lernen durch Tun" oder wie es heute auf neudeutsch so schön heißt: Learning by Doing. Aber unser „Putzi", so war der Wellensittich getauft worden, taute in seiner neuen Umgebung sehr schnell auf und entpuppte sich als äußerst gelehriges Tier. Dank regelmäßigen Freiflugs eroberte er rasch die ganze Wohnung und erkor für sich bestimmte Landeplätze aus, wo er dann verweilte. Demzufolge waren Putzis Hinterlassenschaften auch überall zu finden. Überhaupt stellte sich schnell heraus, dass so ein Wellensittich ein echter Schmutzfink ist, denn er verbreitet überall außer Kot auch noch Sand, Futter und Federn. Da half auch ein nachträglich angebauter „Spritzschutz" im Bereich des Vogelbauers nicht wirklich. Also war regelmäßiges Saubermachen angesagt, das die Söhne auch tatsächlich wie versprochen übernahmen. Zum Glück muss man ja mit einem Vogel nicht Gassi gehen, aber kümmern muss man sich schon, denn neben Futter und Wasser braucht er vor allem eins: Zuwendung. Und die bekam unser Putzi in überreichlichem Maß. Da er wie alle seine freilebenden Artgenossen ein gelb-grünes Federkleid trug, nannten wir ihn oft scherzhaft „Einfacher Australier", ohne uns darüber bewusst zu sein, dass so ein Wellensittich in erster Linie ein Schwarmvogel ist, der vor allem tierische Gesellschaft braucht und nicht als Einzelexemplar gehalten werden soll. Aber zu diesem Zeitpunkt wussten wir es einfach nicht besser und bemühten uns redlich, Putzi es an nichts fehlen zu lassen. So bekam er auch regelmäßig „Sprachunterricht", der irgendwann tatsächlich Erfolg zeigte: Der Vogel begann die ihm immer und immer wieder vorgesprochenen Wörter nachzusprechen, denn so ein Wellensittich gehört ja nun mal zur Familie der Papageien. Unser kleiner Papagei jedenfalls erwies sich als wahres Naturtalent, das nicht nur seinen Namen sagen konnte, nein auch Straße und Hausnummer hatte er bald drauf. Besuchten uns Freunde und Verwandte staunten sie nicht schlecht über unseren sprachgewandten Mitbewohner. Dem gefiel es ganz besonders, wenn möglichst viel und laut geredet wurde, also Leben in der Bude war. Er plusterte sich dann zu voller Größe auf und fing an, ohne Punkt und Komma zu schwatzen, so als hätte er eine Schallplatte verschluckt. Aber genauso liebte Putzi seinen Freiflug. Wenn er dabei ins Bad gelangte, turnte er wie ein Akrobat an der Wäscheleine. Alle glänzenden Gegenstände hatten es ihm auch angetan, denn darin sah er sein Spiegelbild, das er dann attackierte. Als er aber anfing, den vermeidlich anderen Vogel zu füttern, machten wir uns Sorgen um unseren tierischen Freund. So kamen wir auf die glorreiche Idee, mit dem Vogelbauer samt Vogel ab und an einem anderen Wellensittich in der Nachbarschaft einen Besuch abzustatten. „Flunki" lebte auch als Einzelexemplar in der Familie einer Kollegin und liebte die Besuche seines Artgenossen sehr. Die beiden flogen wie närrisch durch die gesamte Wohnung und konnten gar nicht mehr voneinander lassen. So kam es, dass ich den Weg nach Hause manchmal allein antreten musste und Putzi erst später in seinem Bauer „nachgeliefert" wurde. Dank seiner Sprachbegabung erweiterte Putzi seinen Wortschatz und plapperte munter darauf los: „Putzi! Gib Küsschen! Bist du lieb? Gutes Tier!" Und so weiter und so fort. Als er auch die Namen der beiden Großmütter in der Familie nachahmte, eroberte er auch deren Herzen im Sturm und sie waren daher gern bereit, den Vogel, wenn es nötig war, zu betreuen. Und das, obwohl er auch dort in deren Wohnung tüchtig Dreck machte. Aber wir hatten ja im Notfall noch unsere Nachbarn. Die standen zu ihrem Wort und übernahmen gern die Pflege unseres kleinen Dreckspatzen, sogar als sie längst in ein Haus auf dem Dorf gezogen waren. So kam es, dass unser Putzi regelmäßig Zeit in der Sommerfrische auf dem Land verbrachte, während wir im Urlaub waren. Das gefiel unseren Nachbarn so gut, dass sie beschlossen, sich ebenfalls einen Wellensittich anzuschaffen, um fortan auch mit ihm Spaß zu haben. Den hatten sie, obwohl dieser Vogel im Gegensatz zu unserer kleinen Plaudertasche „Putzi" kein einziges Wort sprach.

Als auch wir eines schönen Tages raus aus der Stadt aufs Land zogen, machte unser Hausgenosse diesen Umzug nicht mehr mit. Kurz vorher segnete er nach über elf gemeinsamen Jahren ohne Vorwarnung das Zeitliche, indem er einfach tot von der Stange fiel. Muss ich noch erwähnen, dass ich ein paar Tränen vergoss und die ganze Familie um unseren Putzi trauerte? Obwohl das alles nun schon viele Jahre her ist, erinnern wir uns gern an unseren tierischen Freund auf Zeit. Und ein Satz, den unser Sohn einmal sagte, als er den Wellensittich auf dem Finger hielt und mit ihm schmuste, ist beinah zum geflügelten Wort in unserer Familie geworden: „Auch ein kleiner Vogel braucht ein bisschen Zärtlichkeit."

Bücherparadies

Auf meinem Kalender steht mit einem fetten Ausrufezeichen versehen nur das eine Wort „Bücher!". Jetzt habe ich zwei Möglichkeiten: Entweder ich nehme den Telefonhörer in die Hand, rufe in der Bibliothek an und lasse meine ausgeliehenen Bücher „verlängern". Die werden dann zwar keineswegs um ein paar Seiten umfangreicher, nein der Termin der Rückgabe verschiebt sich nur um weitere vier Wochen. Oder aber ich mache mich schnurstracks auf den Weg in die Stadt, in meine Bibliothek. Ja, sie haben richtig gehört, meine Bibliothek des Vertrauens ist das Ziel. Dort fühle ich mich ausgesprochen wohl, denn die moderne Bibliothek in den alten Kirchenmauern birgt für mich einen wahren Bücherschatz. Ich werde von den Mitarbeitern freundlich begrüßt, man kennt sich seit vielen Jahren und ich würde mal behaupten: Man mag sich. Ein kurzes Gespräch und dann tauche ich ab in das bunte Büchermeer. Hier schauen und dort lesen, in dem einen oder anderen Buch auch etwas länger blättern, auf jeden Fall nach Herzenslust herumstöbern. Dabei vergeht die Zeit wie im Flug;

Lebenszeit, die ich aber nicht missen möchte. Ein Blick auf die Neuerscheinungen, die das Bibliotheksteam an besonderer Stelle präsentiert, ist für mich ein Muss. Hier werde ich dann auch meistens fündig. Auch Reiseliteratur gehört zu meiner regelmäßigen Lektüre. Schon liegen drei oder vier Bücher in meinem Korb und das Lesevergnügen für die nächste Zeit ist wieder mal gesichert.

Das ist ganz schön altmodisch und sehr umständlich das ganze Prozedere wird vielleicht manch einer denken, und das in Zeiten von E-Book und anderen elektronischen Lesemöglichkeiten. Die nutze ich auch hin und wieder. Aber für mich geht trotzdem nichts über das gedruckte Buch, das ich regelmäßig in meiner Bibliothek ausleihe. Und natürlich gibt es auch Bücher, die ich unbedingt haben muss und dann auch kaufe - aus purem Vergnügen! Aber sicher geht es ihnen ähnlich: Die räumlichen Möglichkeiten zu Hause im Bücherregal sind begrenzt. Man muss sich bescheiden.

Übrigens: In den neunziger Jahren des vergangenen Jahrhunderts wurde es plötzlich in den Grundschulen modern, Lesen lernen ohne

Fibel – also ohne Buch - zu praktizieren. Wer, um alles auf der Welt, kommt denn auf solch eine absurde Idee? Ich jedenfalls denke gern an „Lilo im lila Kleid" oder an „Susi" die leise sein sollte zurück und vor allem an „Die Geschichte vom Schlaraffenland". Das alles sind Figuren, Bilder und Geschichten aus meinem allerersten Lesebuch, der Fibel. Meine nie erlahmende Leselust hat damit begonnen.

Großes Kino

In unserem Familienbesitz befindet sich ein alter Filmapparat, der bestimmt schon seine siebzig Jahre auf dem Buckel hat. Die Technik ist simpel: Einfache Rollfilme, oft noch in Schwarz-Weiß, werden per Hand vor einer Lampe abgerollt und mit Hilfe einer Linse an die gegenüberliegende Wand geworfen. Dazu wird das Zimmer verdunkelt, so dass beinah Kinoatmosphäre entsteht. Über Generationen hinweg gab es vor allem in der dunklen Jahreszeit diese Filmvorführungen der besonderen Art. Hieß es am Sonntagnachmittag: „Heute machen wir Kino", war die Begeisterung bei unseren Söhnen groß. Unser Jüngster hüpfte aufgeregt durch die Wohnung und konnte sich vor Freude gar nicht lassen. Er liebte ganz besonders die Filme, in denen ein Teddybär kleine Abenteuer erlebt, so dass sich „Teddy treibt Wintersport" und „Teddys Weihnacht" zu absoluten Kultfilmen entwickelten, die immer wieder gezeigt wurden. Und dass, obwohl sie weder über Ton noch Farbe verfügten und auch sonst in keiner Weise spektakulär waren, also nicht zu vergleichen mit heutigen Trickfilmen.

Etwas „Action" kam nur auf, wenn Papa als Filmvorführer die Handlung spannend kommentierte und dabei den Projektor schräg hielt, damit der Berg, den Teddy mit seinen Skiern herabfuhr, etwas steiler wirkte. Auch unserem erstgeborenen Enkel konnten wir lange Zeit keine größere Freude machen, als Kino zu veranstalten, selbstverständlich dem Zeitgeist angepasst mit Popcorn und Süßigkeiten. Hatten wir noch dazu die Enkeltochter der Nachbarn eingeladen, war das Glück perfekt und ein Film nach dem anderen lief in unserem kleinen Heimkino, bis sich der Filmapparat heiß gelaufen hatte und dringend einer Pause bedurfte. Aber nicht nur die Kinder hatten Spaß an dieser besonderen Art von Kino. Als wir unserem langjährigen Nachbarn Achim davon erzählten, hellte sich sein Gesicht auf und er erklärte uns: „Diese Filme kenne ich aus meiner Kindheit. Ihr würdet mir eine Freude machen, wenn ich sie mal anschauen dürfte." Es war Advent und so luden wir unsere Nachbarn zu Bratapfel und Adventskaffee ein, Filmvorführung eingeschlossen. „Teddy treibt Wintersport" entpuppte sich auch hier als der absolute Lieblingsfilm, noch dazu wo Achim ein begeisterter Skifahrer und Skilehrer war. Als zufällig unser ältester Sohn in unsere illustre Runde schneite, wunderte er sich schon ein bisschen, uns Kinderfilme schauend, so ausgelassen vorzufinden. „Das müssen wir unbedingt mal wieder machen," war die einhellige Meinung, „wir hatten doch so viel Spaß zusammen." Von da an trafen wir uns jedes Jahr im Advent zu einer gemütlichen Runde. Die Filmvorführung blieb allerdings eine einmalige Sache.

Erbstück

Sie hat schon in einigen Stuben an der Wand gehangen, mehrere Umzüge mitgemacht und bestimmt schon ihre hundert Jahre auf dem Buckel – eine alte Pendeluhr, gerne auch als Regulator bezeichnet.

In meiner Kindheit hing diese Uhr in der Wohnküche meiner Großeltern, die kurz vor Beginn des Zweiten Weltkriegs aus dem Eichsfeld in die Nähe von Nordhausen zogen. Dort fand mein Großvater Albert Arbeit als Feinmechaniker. Später machte er sich als Uhrmacher selbständig. Deshalb stand in dieser Stube auch der typische erhöhte Arbeitstisch eines Uhrmachers, an dem Großvater Uhren aller Art reparierte. Der Regulator zeigte zuverlässig die Zeit an und ließ alle halbe Stunde sein Schlagwerk ertönen. Mich beeindruckte dieses schöne Stück von Anfang an, aber es gab ja nicht nur die eine Uhr in diesem Uhrmacherhaushalt. In der guten Stube residierte noch eine imposante Standuhr mit Pendel und Schlagwerk, die mir ausnehmend gut gefiel. Auch sie ließ regelmäßig ihren Gong ertönen, so dass im ganzen Haus Uhrenmusik erklang. Damals hätte ich mir nicht träumen lassen, dass eine dieser Uhren einmal bei mir landen würde, denn es gab bestimmt noch andere Familienmitglieder, die darauf scharf waren und sie gerne geerbt hätten. Doch welch Wunder: Als meine Mutter nach der Beerdigung meines Großvaters und der darauffolgenden Haushaltsauflösung nach Hause kam, brachte sie tatsächlich gut verpackt in eine Decke gehüllt den Regulator mit, der fortan in ihrer Wohnstube einen Ehrenplatz bekam und treu sein Werk verrichtete. Irgendwann aber bleibt jedes noch so gut geölte Uhrwerk mal stehen und so versagte auch der Regulator eines Tages seine Dienste und ließ sich nicht wieder in Gang bringen. Aus unerfindlichen Gründen war die Pendelfeder gebrochen. Mutter setzte alle Hebel in Bewegung und fand tatsächlich einen Fachmann, der das gute Stück reparierte. Man muss nämlich wissen, dass diese Uhr in gewisser Weise einer Diva ähnelt. Sie möchte ständig hofiert werden und braucht vor allem eins: zuverlässiges Personal. Als sie nach dem Tod meiner Mutter in meinen Besitz überging, keiner meiner Brüder erhob darauf Anspruch, diente ich fortan der verwöhnten Dame: Ich zog sie regelmäßig auf, entstaubte sie ganz vorsichtig und korrigierte hin und wieder ihre Zeitanzeige. Als mein Mann sie einmal aufziehen wollte, regierte sie schnippisch und blieb einfach stehen. Auch ein zweiter Versuch misslang. Sie möchte eben nur von meinen zarten Händen berührt werden. Als ich allerdings vor gar nicht allzu langer Zeit bei der alljährlichen Zeitumstellung im Herbst auf die glorreiche Idee kam, den großen Zeiger einfach eine Stunde zurückzudrehen, reagierte die Diva auch bei mir völlig zurecht eingeschnappt und verweigerte ihre Dienste. Nur mit großer Mühe und gutem Zureden brachte ich sie wieder in Gang, musste ihr allerdings versprechen, nie wieder so dumme Sachen mit ihr anzustellen. Seitdem arbeitet sie zuverlässig wie ein Schweizer Uhrwerk und zeigt uns unmissverständlich an, was die Stunde geschlagen hat.

Apropos Schlagen: Das haben wir ihr seitdem sie bei uns ist, abgewöhnt, obwohl sie über einen sehr melodischen Gong verfügt. Aber uns wäre es doch des Guten zu viel, wenn alle halbe Stunde das Schlagwerk ertönen würde. Wer von meinen Kindern oder Enkeln die Uhr einmal erben wird, steht noch nicht fest. Hauptsache sie landet nicht eines Tages bei „Bares für Rares". Aber vielleicht wäre gerade das, der absolute Höhepunkt ihrer Karriere?

Bloß von hier weg...

Schlaftrunken schlurfe ich am Morgen ins Bad. Draußen ist es noch dunkel, denn wir haben erst Januar. Das kleine Radio auf der Fensterbank stört das überhaupt nicht, es dudelt wie gewohnt leise vor sich hin. Mich dagegen plagt der typische Winterblues, den Dunkelheit und Sonnenmangel hervorrufen sollen. Ich beginne mit meiner Morgentoilette, langsam, beinah im Zeitlupentempo. Plötzlich werde ich schlagartig munter. Aus dem Radio ertönt ein rhythmischer Gitarrensound. Ich stutze: Ist das etwa mein Lied?? Sofort stelle ich das Radio lauter, denn es ist tatsächlich mein Lied, mein „Kling, klang" von der Band „Keimzeit". Und schon singe ich lauthals mit: „Kling, klang du und ich, die Straßen entlang…" Von Müdigkeit keine Spur mehr, dafür drehe ich mich im Takt der Musik, tanze ganz allein vor dem Spiegel. „Bloß von hier weg, so weit wie möglich…" diese Textzeile singe ich beinah trotzig mit und stelle mir dabei vor, wo es jetzt, ganz weit weg, wohl im Januar am schönsten ist: In Kuba? In Mexiko? Auf Sansibar? Von Winterblues ist nichts mehr zu spüren. Mein Stimmungsbarometer steigt von Minute zu Minute und das Badezimmer entwickelt den Charme einer Diskoparty. Plötzlich klopft es stürmisch an der Tür. „Wann bist du endlich fertig? Wie lange soll ich denn noch mit dem Frühstück auf dich warten? Beeil dich, der Kaffee ist schon eingeschenkt!" „Ja, ja, ich komme gleich," rufe ich leicht genervt meinem Mann hinterher, der schon auf der Treppe ist. Aber erst schalte ich noch schnell das Radio aus, mein Lieblingslied ist eh schon zu Ende. Meine gute Laune nicht, sie fällt auch meinem Mann auf. „Na, Schatz, gut geschlafen?"

Handgemaltes

Im ersten Sommer der großen Freiheit führte uns eine Reise an die Nordsee. Endlich Ebbe und Flut erleben! Dass das fast nie vorhandene Wasser und die übrigbleibende Schlammwüste bei Ebbe für uns Ostseegewohnten eh eine Enttäuschung waren, geschenkt. Aufsehen dagegen erregte unser über zwanzig Jahre alter Trabbi, der auf dem Parkplatz am kostenpflichtigen Strand(!) ungewollt auffiel, da er der Einzige seiner Art war. Einige Engländer bestaunten das für sie völlig unbekannte Auto, als wäre es ein Gefährt vom Mond. So eine „Rennpappe" hatten sie schließlich noch nie gesehen. Beim Ausparken auf genau diesem Parkplatz geschah es dann: Jemand nahm uns die Vorfahrt, der Trabbi erlitt einen Blechschaden, wenn er denn aus Blech gewesen wäre. So wurden einige Plastikteile beschädigt, einer der Blinker verlor seine rote Abdeckung. Ansonsten war unser Trabbi fahrtüchtig, wenn auch etwas eingeschränkt. Der Schadensverursacher war heilfroh, dass wir uns mit einem Fünfzigmarkschein zufriedengaben. Zu Hause in Thüringen wäre die Behebung des Schadens kein Problem gewesen.

Mein Mann hätte die nötigen Ersatzteile besorgt und das Auto dann auch selbst repariert. Aber hier in Ostfriesland Ersatzteile für einen Trabant zu bekommen, war einfach ein Ding der Unmöglichkeit. Der Chef der Autowerkstatt, in der wir mit dem Fahrzeug vorsprachen, winkte nur müde ab. Aber dann erhellte sich plötzlich sein Gesicht. Er verschwand in den Tiefen seiner Werkstatt und kam kurze Zeit später mit einem Topf roter Farbe wieder. Einen Pinsel hatte er nicht dabei, aber den brauchte er auch nicht. Er tauchte einfach den Finger in den Farbtopf und bemalte dann das noch funktionierende Blinkerlämpchen mit eben dieser roten Farbe. „So, jetzt könnt ihr wenigstens halbwegs sicher nach Hause fahren," war sein knapper Kommentar. Ohne weiter zu Mucken, brachte uns der Trabbi wieder heim, zuverlässig wie immer beendete er seine erste große „Westreise."

Rendezvous

Heute Abend habe ich ein Rendezvous. Endlich! Seit Wochen fiebere ich diesem Treffen entgegen, kann es gar nicht mehr erwarten. Nun ist es so weit. So kurz vor 22 Uhr soll ich mich bereithalten. Was ich anziehe? Darüber habe ich mir keine ernsthaften Gedanken gemacht. Es ist ein warmer Sommerabend und ich gehe so wie ich bin, in Shorts und T-Shirt zu dieser Verabredung. Was er wohl tragen wird? Auf jeden Fall etwas in gedeckten Farben, denn er scheint modisch eher konservativ zu sein. Ort der Begegnung soll der Feldweg hinter unserem Haus sein. Wie romantisch! Auf dieses Rendezvous habe ich mich akribisch vorbereitet und alles gelesen, was die diversen Ratgeberseiten so hergeben. Hoffentlich spielt das Wetter mit, denn unser Treffen findet auf jeden Fall im Freien statt. Er mag einfach keine geschlossenen Räume. Aufgeregt schaue ich zum Himmel. Noch ist er hell und klar. Aber was ist das? Doch nicht etwa Wolken? Die sind das Letzte, was ich jetzt gebrauchen kann. Vor allem, wenn es so kurz vor halb elf zum Höhepunkt unserer Begegnung kommen soll, da können Wolken nur stören.

Langsam wird es dunkel. Ich mache mich auf den Weg zum Treffpunkt. Ihn kann ich nirgendwo entdecken. Ungeduldig laufe ich hin und her, aber er lässt sich einfach nicht blicken. Ich gebe die Hoffnung nicht auf, dass er doch noch irgendwo auf der Bildfläche erscheint. Aber es ist zwecklos. Er taucht einfach nicht auf. Mein so sehnsüchtig erwartetes Rendezvous ist geplatzt. Der Mann im Mond hat mich schlicht und ergreifend versetzt. Traurig mache ich mich auf den Heimweg.

Am nächsten Tag kann ich in der Zeitung lesen, dass der Mond seinen großen Auftritt als sogenannter „Blutmond" hatte. Fast überall im Land war das grandiose Himmelsschauspiel gut zu beobachten. Nur ich schaute „in den Mond". Schade, einfach nur schade! Vor allem, da sich die Astronomen einig sind, dass der Mann im Mond die Rolle als längster Blutmond erst im Jahre 2123 wieder spielen wird. Wahrlich finstere Aussichten!

Mogelpackung

Es ist schon etwas länger her, dass diese Torte das erste Mal bei uns auf dem Kaffeetisch stand. Unser Sohn, der mittlerweile auf die Fünfzig zugeht, wurde gerade mal ein Jahr alt und aus diesem Anlass sollte es die Quark-Sahne-Torte geben.

Das Rezept stammte von einer Kollegin meines Mannes, die sich auf der Arbeit mit anderen darüber austauschte und wahrscheinlich auch eine Kostprobe davon mitgebracht hatte. Mein Mann schwärmte geradezu von diesem Backwerk und war der festen Meinung, dass ich die leckere Torte wohl auch hinbekommen würde. Davon war ich so gar nicht überzeugt, als ich das erste Mal die ziemlich dünnflüssige Quark-Butter-Eischnee-Masse auf den Tortenboden goss und die Torte dann nicht etwa in den Backofen schob. Nein! Sie wurde gleich in den Kühlschrank gestellt, um dort mit Hilfe von Gelatine, die sich auch in der Masse befand, fest zu werden.

Von Sahne war übrigens weit und breit nichts zu sehen, die war überhaupt kein Bestandteil dieser angeblichen Quark-Sahne-Torte. Am nächsten Tag hatte die Torte tatsächlich eine schnittfeste

Konsistenz erreicht, so dass sie mit einer großen Eins aus Kakao verziert werden konnte. Den Geburtstagsgästen schmeckte es hervorragend und von da an durfte sie bei keiner Festlichkeit in unserer Familie mehr fehlen. Ob Kindergeburtstag, Taufe, Schuleinführung, Jugendweihe, Hochzeit oder einfach nur Kaffeeklatsch: Diese Torte war und ist ein Muss! Große und kleine Naschkatzen lieben sie auch heute noch. Erst unlängst zum ersten Geburtstag unseres jüngsten Enkels wurde sie von unserem Sohn wieder mal gebacken. Ein Kuriosum ist es nach wie vor, dass die Quark-Sahne-Torte noch immer ganz ohne Sahne auskommt, obwohl doch an Sahne nun wahrlich kein Mangel mehr herrscht wie in längst vergangenen Tagen.

Mittlerweile ist aus der einstigen „Ost-Torte" eine Gemeinschaftsproduktion Ost-West geworden, denn den dazu benötigten Biskuit-Boden backe ich nach dem Rezept einer Freundin aus dem Ruhrgebiet. Dieser Biskuit gelingt immer, schmeckt allen und wird auch gern „nachgebacken". Also eine durchaus gelungene Ost-West-Vereinigung, was man ja sonst nicht immer behaupten kann.

Unbedingt zu erwähnen ist, dass die Verzierung der Torten gemäß dem Anlass zum Beispiel mit Namen, Ziffern oder anderen Dekors, Aufgabe der Männer in unserer Familie ist. Die Anfertigung entsprechender Schablonen und das Bestäuben der Torte mit Kakao ist eine wahrhaft künstlerische Arbeit und erfordert Fingerspitzengefühl. Und nun „Gutes Gelingen!" (Rezept im Anhang)

Zwiebelmilch

Milch ist nicht mein Getränk. Mit einer Ausnahme: Löffelmilch. Sie wissen nicht, was das ist? So richtig weiß ich es auch nicht, nur dass sie verdammt gut schmeckt und mit Milch im herkömmlichen Sinn nicht mehr viel zu tun hat. Um dieses süffige Getränk genießen zu können, muss man allerdings gut zu Fuß sein. Angeboten wird es nämlich auf einer Alm hoch oben in den österreichischen Alpen. In einem schmalen Glas und natürlich mit Löffel wird dort dieses wohlschmeckende und seine Wirkung nicht verfehlende Heißgetränk serviert. Die Chefin des Hauses bediente uns höchstpersönlich, ließ aber nicht aus sich herauslocken, welche Ingredienzien in die „Löffelmilch" kommen. „Altes Familienrezept", mehr ließ sie nicht darüber verlauten. Selbst das allwissende Internet kennt das genaue Rezept nicht. Es wird dort als „top-secret" gehandelt. Man erfährt nur so viel: Am besten die Milch vom eigenen Hof nehmen, Zucker, einen Schuss Rum und etwas Wein dazugeben und das Ganze erhitzen, aber nicht kochen. Damit man sich Zeit für den Genuss nimmt, wird die Milch nicht einfach so getrunken, sondern langsam gelöffelt. Probieren sie es doch mal aus, oder noch besser: Genießen sie die Löffelmilch vor Ort!

„Zwiebelmilch" dagegen würde ich nicht unbedingt als Getränk empfehlen. Auch davon haben sie noch nie etwas gehört? Das ist keinesfalls eine Bildungslücke. Ich kannte das Wort „Zwiebelmilch" auch nicht, obwohl ich diese Milch getreu dem Rezept meiner Mutter schon sehr lange bei der Zubereitung von Kartoffelsalat verwende. Nachdem ich in einer Pfanne die kleingeschnittenen Zwiebeln in heißem Sonnenblumenöl goldbraun brate und anschließend über die in Scheiben geschnittenen Pellkartoffeln gebe, gieße ich anschließend noch einen kleinen Schuss Milch in die Pfanne und erhitze das Gemisch. Ein paar der in der Pfanne verbliebenen Zwiebelstückchen schwimmen nun in der Milch und unser Sohn taufte diesen ungewöhnlichen Mix „Zwiebelmilch". Die verfeinert nun den Kartoffelsalat auf ganz besondere Weise und gibt ihm auch die entsprechende Konsistenz. Gewürzgurken, Pfeffer und Salz sowie ein Löffel Schmand oder auch zwei tun dann das Übrige.

Sie sind skeptisch, ob das auch tatsächlich schmeckt? Einfach mal ausprobieren! (Rezept im Anhang)

Kochbuchpoesie

Wie nahezu in jeder Familie gibt es auch bei uns ein Rezeptbuch. Ob das nun in Zeiten des allwissenden Internets ein Relikt aus längst vergangenen Zeiten ist oder ein durchaus akzeptabler Küchenhelfer, das muss jeder für sich selbst entscheiden. Unser Rezeptbuch ist altersbedingt schon etwas lädiert, verfügt über ein Register und noch etliche leere Seiten. Da es außerdem eine umfangreiche Zettelsammlung, Ausschnitte aus Zeitungen und Zeitschriften sowie diverse Kalenderblätter mit Rezepten enthält, hat es einen beträchtlichen Umfang angenommen, um nicht zu sagen: Es quillt förmlich über. Packt mich der Ordnungswahn, übertrage ich die Rezepte ins Buch, was aber zugegebenermaßen nur noch selten vorkommt. Außerdem versprühen gerade die handgeschriebenen Zettel einen gewissen Charme; erinnert mich doch oft schon die Handschrift an den jeweiligen Rezeptgeber. Kündigt sich Besuch an oder eine Feier steht bevor, sind es hauptsächlich die Kuchen- und Tortenrezepte, die ich hervorhole. An der Beschaffenheit der jeweiligen Buchseite lässt sich dann sehr gut ablesen, wie oft nach diesem Rezept schon gebacken worden ist: Fettflecken und Teigspritzer „zieren" das Blatt, Maßangaben wurden geändert und die verschiedensten Hinweise hinzugefügt: Tortenboden wie üblich! Keine Umluft! Eine Nacht in den Kühlschrank! Diese Hinweise sind immer mit Ausrufezeichen versehen, um unmissverständlich klarzumachen, dass davon das Gelingen abhängt.

Allein die Titel der Rezepte aber entwickeln ihre ganz eigene Poesie: Angefangen mit „Biskuitboden a la Marita" über „Anemones Muskuchen mit Krokant" oder Tante Tinis „Kalter Hund": Sie alle lassen auf eine süße Verführung hoffen, ebenso wie „Himbeertorte a la Willi" oder „Oma Gertruds Stachelbeerbaiser". Aber auch pikante Gerichte sind mit wohlklingenden Namen versehen, so zum Beispiel „Philadelphia Traum", „Steffis Grüne Erbsensuppe" oder „Zucchini süß-sauer a la Monika". So treffen sich also in unserem Rezeptbuch Verwandte, Freunde und Bekannte zu einem kulinarischen Vergnügen. Dabei können sie sich hin und wieder auch mal ein Likörchen gönnen, denn ein einschlägiges Rezept für selbstgemachten „Kirschlikör!!!" ist selbstverständlich auch dabei.

Und die drei Ausrufezeichen dahinter, lassen ein süffiges Getränk erahnen.

Übrigens: Meine Mutter hat mir keine Rezeptsammlung vererbt. Sie kochte und backte grundsätzlich „aus der Lamäng", übersetzt „aus der Hand" oder anders gesagt „aus dem Stegreif". Nur ganz selten habe ich sie etwas abwiegen sehen. Wie der typische „Nasse Kuchen" (Obstkuchen mit Decke) aus unserer Region gemacht wird, habe ich nur durchs Zugucken beim Backen von ihr gelernt. Meine Schwiegermutter dagegen hat schon das eine oder andere Rezept in ihrer ausgeprägten akkuraten Handschrift notiert. Schade, das von ihren berühmten Zwetschenknödeln ist leider nicht dabei, denn die bereitete sie ebenfalls „aus der Lamäng" zu. Und obwohl ich ihr dabei auch des Öfteren zuschaute, gelingt es mir bis heute nicht, diese Knödel nur annähernd akzeptabel herzustellen, so dass wir notgedrungen auf ein Fertigprodukt aus dem Supermarkt zurückgreifen müssen. Deshalb hier ein anderes typisches Gericht aus ihrer sudetendeutschen Küche, welches weit weniger anspruchsvoll daherkommt und trotzdem gut schmeckt: „Pfannesemmeln", ein Auflauf, der so kinderleicht ist, dass ihn auch absolute Laienköche zubereiten können. Serviert mit grünem Salat oder Kompott ist er ein vollwertiges Gericht der schnellen Küche. (Rezept im Anhang)

Klößchensuppe

Im Eichsfeld wird diese Suppe nicht nur zu jeder Hochzeit serviert, nein sie kommt auch sonst regelmäßig auf den Tisch. Auch in unserer Familie wird Klößchensuppe generationsübergreifend immer wieder gerne gekocht und gegessen. Meine Nichte Manja taufte sie zur Erinnerung an ihre Großmutter „Oma-Gina-Suppe". Dabei handelt es sich um eine kräftige Rindfleischbrühe, die mit reichlich Suppengemüse aus Rindfleisch und Markknochen gekocht und anschließend mit Klößchen und Eierstich verfeinert wird. Erst danach wird als weitere Suppeneinlage traditionell Sago dazu gegeben. Für viele Menschen ist Sago ein nahezu unbekanntes Nahrungsmittel, welches der eine oder andere höchstens aus dem Kreuzworträtsel als gekörntes Stärkemehl kennt. Während es Sago bei uns in der Gegend in jedem gut sortierten Supermarkt ohne Probleme zu kaufen gibt, soll das in der bayrischen Landeshauptstadt München fast unmöglich sein, wie mir meine Schwiegertochter versicherte. Daher muss er ab und an aus Thüringen „importiert" werden. Aber nicht jeder Zeitgenosse mag Sago in der Suppe. Bei manch einem ist er geradezu verpönt und wird als „Froscheier" diffamiert.

Als vor einigen Jahren in ganz Europa der Rinderwahnsinn (BSE) wütete, verging nicht nur uns eingefleischten Suppenessern der Appetit auf Suppen aus Rindfleisch und Markknochen. Zu groß war die Angst, eventuell Schaden zu nehmen. Deshalb gab es bei einem Besuch meines Bruders nicht wie sonst immer die ach so geliebte Klößchensuppe, sondern grüne Bohnensuppe mit Speck kam zum Mittag auf den Tisch des Hauses. Mein Bruder schaute leicht irritiert, löffelte aber wortlos seinen Teller leer und konnte den Erklärungen meinerseits nicht so viel abgewinnen. Mittlerweile gibt es aber bei uns längst wieder Rindfleischsuppe. Das Fleisch kaufen wir beim Fleischer unseres Vertrauens, der fast jedes Rind persönlich gekannt hat und es auch vor Ort schlachtet. Die Fleischqualität ist daher deutlich besser und wir zahlen gern etwas mehr dafür. Diese Suppe aus einer Rinderbeinscheibe ist immer wieder ein Genuss, wenn sie gut abgeschmeckt und mit gehackter Petersilie serviert wird; eine wahre Wohltat für Leib und Seele. Übrigens: Wer sich so gar nicht mit Sago anfreunden kann, darf auch kleine Nudeln als Einlage verwenden. Aber echte Klößchensuppe ist das natürlich dann nicht mehr. (Rezept im Anhang)

Verreisen im Kochtopf

Wenn man sich heute zum Essen in einem Lokal verabredet, beginnt das oft mit der Frage: „Gehen wir zum Italiener oder zum Griechen oder vielleicht lieber zum Chinesen oder Inder? Selbstverständlich kann es auch ein Restaurant sein, das die allseits bekannte und beliebte gutbürgerliche deutsche Küche anbietet oder eines, welches sich gar der gehobenen Sterneküche widmet. Zu DDR-Zeiten stellten sich diese Fragen erst gar nicht, da internationale Küche eher selten angeboten wurde. Die Kochkünste unserer Freunde aus den sozialistischen Bruderländern Ungarn oder Bulgarien konnte man allenfalls in Berlin oder eventuell auch in der Bezirkshauptstadt genießen.

Aber ab und an wehte auch bei uns in der Provinz ein Hauch der großen weiten Welt durch Küchen und Stuben. Ursula Winnington, eine Journalistin und Kochbuchautorin, die heute auch gerne als „Koch-Queen des Ostens" bezeichnet wird, veröffentlichte in verschiedenen Zeitschriften (die oft nur unter dem Ladentisch gehandelt wurden!) Kochrezepte aus aller Welt. Durch Zufall fiel mir in der Stadtbibliothek eine solche Zeitschrift in die Hände, die nicht nur

Rezepte aus westeuropäischen Ländern wie Frankreich und Großbritannien enthielt, sondern auch aus so exotischen Gegenden wie Indien, China und Korea. Besonders die asiatische Küche hatte es Ursula Winnington angetan, da sie diese Länder gemeinsam mit ihrem zweiten Mann, einem in London geborenen Journalisten und Autor, schon zu DDR-Zeiten bereisen konnte. Sehr schnell begannen mein Mann und ich einige dieser Rezepte nachzukochen. Die Rückgabe der so begehrten Zeitschrift verzögerte ich so lange wie möglich, indem ich die Ausleihfrist immer wieder verlängern ließ. Mittlerweile hatten wir unsere Lieblingsrezepte erkoren und auch notiert: Sadah Pilau (gedünsteter Reis indische Art), „Fleisch zweimal in den Topf" (aus der chinesischen Provinz Sezuan) und Chutneys der verschiedensten Art (ebenfalls nach Rezepten aus Indien). Dabei war Fantasie gefragt, denn nicht alle Zutaten gab es zu kaufen, aber Frau Winnington wandelte die Original-Rezepte von vornherein etwas ab: Sojasoße wurde etwa durch Erwa-Speisewürze ersetzt (vergleichbar mit Maggi) und die indische Gewürzmischung aus Koriander, Kreuzkümmel, Zimt, Pfeffer, Muskat, Nelkenpulver und Kardamom gezaubert. Ingwer verwendeten wir als

Ingwerpulver, Zwiebeln und Knoblauch, die auch sämtliche Gerichte würzten, wuchsen dagegen in unserem eigenen Garten, ebenso Tomaten, Paprika und Äpfel, aus denen wir besonders gern Chutney herstellten. Seit beinah fünfzig Jahren kochen wir nun schon die mittlerweile gar nicht mehr so exotisch anmutenden Gerichte und haben die Rezepte auswendig im Kopf parat. Während in anderen Familien zu Weihnachten traditionell Gans auf den Tisch kommt, gibt es bei uns auf jeden Fall Rouladen und Thüringer Klöße, aber an einem der Weihnachtsfeiertage auch ganz bestimmt „Pilau" mit „Fleisch zweimal in den Topf" und selbstgemachtes Chutney. Besonders unsere beiden Schwiegertöchter lieben dieses eher unübliche Essen. Auch unsere drei Enkel mögen es sehr gerne, so dass meistens alles bis zum letzten Reiskorn verputzt wird. Ich kann mir jedenfalls gut vorstellen, dass die Enkel später diese Gerichte auch zubereiten und so die Familientradition fortsetzen. Gerne dürfen sie dann auch die reichlich angebotene Sojasoße verwenden und Ingwerwurzel sowieso.

Anhang (Rezepte)

Heringssalat nach Hausherrenart
(für 2 Personen)

Zutaten
- 1 Packung Matjesfilet (300 g)
- 2 Äpfel (säuerlich)
- 3 Gewürzgurken
- 2 Lorbeerblätter
- 1 Becher Saure Sahne
- eventuell noch ein hart gekochtes Ei
- etwas schwarzer Pfeffer
- Buttermilch (nach Belieben)

Zubereitung

Sämtliche Zutaten in kleine Würfel schneiden und gut mischen. Die Saure Sahne dazu geben, je nach Konsistenz auch noch etwas Buttermilch, das Ganze umrühren und am besten über Nacht ziehen lassen. Dazu schmecken Pellkartoffeln, aber auch Brötchen oder Baguette. Benötigt man größere Mengen Heringssalat (z.B. für eine Silvesterfeier) kann man neben Matjesfilet auch noch eine Packung Salzheringfilets verwenden und die anderen Zutaten entsprechend anpassen. Seien sie kreativ!

Kartoffelsalat nach Art des Hauses
(für 4 Personen)

Zutaten

- ca. 1,5 kg Pellkartoffeln
- 3 bis 4 Gewürzgurken
- 2 mittelgroße Zwiebeln
- 100 ml Pflanzenöl
- 1 knappe Tasse Gurkenbrühe
- Salz, eine Prise Zucker
- schwarzer Pfeffer
- etwas Milch (nach Belieben)
- ca. 2 bis 3 Esslöffel Schmand

Zubereitung

Die Pellkartoffeln nicht zu weichkochen, noch warm pellen und in Scheiben schneiden. Anschließend die Kartoffeln mit Salz und Pfeffer würzen und durchmengen. Die Gurken klein würfeln und dazu geben, ebenso die kurz in der Mikrowelle erwärmte Gurkenbrühe. Erneut alles durchmengen. Die Zwiebeln ebenfalls klein schneiden und in einer Pfanne mit Pflanzenöl goldgelb anschwitzen und heiß über die Kartoffeln gießen. Danach einen Schuss Milch in die Pfanne geben, erhitzen und die sogenannte „Zwiebelmilch" dazugeben. Alles gut durchmengen! Zum Schluss den Schmand unterheben und nochmal mit Salz und Pfeffer abschmecken. Den Kartoffelsalat unbedingt ca. eine Stunde, besser noch länger zugedeckt durchziehen lassen, erst dann kann der Salat seinen vollen Geschmack entfalten. Die Zugabe der Flüssigkeiten hängt auch von der Beschaffenheit der Kartoffeln ab, also immer mit Fingerspitzengefühl vorgehen. Servieren sie den Salat nach Belieben zu Gegrilltem, zu Fisch oder mit Würstchen. Er sollte nicht eiskalt sein, sondern mindestens Zimmertemperatur haben.

Oma Gertruds Pfannesemmeln
(für 2 Personen)

Zutaten

- 2 bis 3 altbackene Brötchen
- 4 bis 5 Eier
- etwas Milch
- Salz
- Butter

Zubereitung

Die Brötchen in Scheiben schneiden und in einer gut gefetteten hohen Pfanne oder in einer Auflaufform gleichmäßig verteilen. Eier und Milch mit dem Schneebesen verquirlen und mit Salz abschmecken. Die Masse über die Brötchen geben, so dass alles gut bedeckt ist. Zum Schluss Butterflöckchen darüber verteilen. Auflauf bei 200 Grad mit Umluft im Backofen ca. 15 bis 20 Minuten goldbraun überbacken. Dazu schmeckt Grüner Salat hervorragend, aber auch jegliche Art von Kompott.

Klößchensuppe à la Oma Regina
(für 4 bis 5 Personen)

Zutaten für die Brühe

- 1 mittelgroße Rinderbeinscheibe
- 2 Markknochen
- 1 Bund Suppengemüse bestehend aus Möhren, Knollensellerie, Lauch und Petersilie
- 2 Zwiebeln mit Schale
- eventuell noch ein Stück Kohlrabi
- Salz
- 1 Suppenwürfel

Zubereitung

Fleisch und Knochen kalt abspülen, Gemüse putzen und grob zerkleinern, bei den Zwiebeln Wurzeln entfernen, Schalen aber nicht, denn sie geben der Brühe eine goldgelbe Farbe. Alles mit 1 bis 1½ Litern kaltem Wasser ansetzen, aufkochen lassen und so lange simmern lassen, bis das Fleisch weich ist. Wir verwenden dazu den Schnellkochtopf, bei dem das nur etwa 20 Minuten dauert.

Brühe leicht abkühlen lassen, danach Fleisch und Knochen sowie das Suppengemüse herausnehmen. Das Gemüse klein schneiden, Fleisch vom Knochen lösen und ebenfalls klein schneiden und alles zurück in die Brühe geben. Das Mark aus den Knochen löffeln und für die Klößchen bereithalten.

Zutaten für die Klößchen
- 150 g Gehacktes
- ½ gequirltes Ei, Prise Salz
- reichlich geriebene Muskatnuss
- das gekochte Mark oder einen Stich Butter
- Zwiebackskrumen (einfach Zwieback reiben)

Zubereitung
Sämtliche Zutaten werden gut vermengt und anschließend zu kleinen Klößchen geformt. Den besonderen Geschmack bringen die Krumen aus Zwieback und nicht wie sonst üblich Semmelkrumen. Klößchen in die nur leicht kochende Suppe geben und gar ziehen lassen.

Weitere Zutaten

- Eierstich (selbst machen oder welchen aus dem Kühlregal verwenden)
- Sago

Abschließende Zubereitung

Entweder den fertigen Eierstich in die Suppe geben oder einfach das restliche Ei über eine Gabel in die Suppe laufen lassen und verrühren. Dann erst den Sago dazu geben, man rechnet pro Teller einen Esslöffel voll. Die Suppe nur noch sanft kochen lassen und eventuell noch mal mit Salz und Muskat abschmecken. In den vorgewärmten Tellern mit kleingehackter Petersilie servieren.

Die Zubereitung dieses Seelentrösters ist schon etwas aufwendig, aber der Geschmack einzigartig. Guten Appetit!

Quark-Sahne-Torte (garantiert ohne Sahne)

Zutaten

- 500g Quark (40% Fettgehalt)
- 125 g Butter
- 4 Eigelb, 4 Eiweiß
- 200g Zucker, 1 Päckchen Vanillezucker, Prise Salz
- ½ Liter Milch (3,5%) etwa knapp bemessen
- 2 Päckchen gekörnte Gelatine
- Saft einer Zitrone

Zutaten für den Tortenboden

- 3 Eier
- 90g Zucker und 1 Päckchen Vanillezucker, Prise Salz
- 40g Speisestärke, 40g Mehl
- 1 Teelöffel Backpulver
- 2 bis 3 Esslöffel Wasser

Zubereitung des Biskuitbodens

Zuerst die Eier trennen, danach die 3 Eiweiß mit Salz und Zucker steif schlagen. Nun die Eidotter unterrühren und anschließend Mehl, Speisestärke und Backpulver darüber sieben und ebenfalls unterrühren. Je nach Konsistenz 2 bis 3 Esslöffel Wasser dazugeben. Teig in eine gefettete Springform füllen (26 Zentimeter Durchmesser) und bei 200 Grad 12 bis 15 Minuten mit Umluft backen.

Zubereitung der Quark-Sahne-Masse

Butter, Zucker und Eigelb schaumig rühren, danach Quark und Zitronensaft dazugeben und gut vermengen. Die Milch in einen Topf geben, die Gelatine hinzufügen und alles unter ständigem Rühren erhitzen, bis sich die Gelatine völlig aufgelöst hat. Nicht kochen! Anschließend die Masse abkühlen lassen (eventuell im Wasserbad) bis sie zu gelieren beginnt. Diesen Moment abpassen und sie dann mit dem Rührlöffel unter die Quarkmischung rühren. Zum Schluss, den bereits vorher mit Salz und Vanillezucker geschlagenen Eischnee unterheben und die dickflüssige Masse auf den Tortenboden gießen. Die Torte sofort in den Kühlschrank stellen. Nachdem die Torte über Nacht im Kühlschrank fest geworden ist, kann sie mit Hilfe einer Schablone mit entsprechenden Motiven und Kakao, der darüber gesiebt wird, verziert werden. Seien sie kreativ! Gutes Gelingen und Guten Appetit!

Sadah Pilau – gedünsteter Reis nach indischer Art

Zutaten

- 1 bis 2 Zwiebeln
- 60 g Margarine
- 250 g Reis
- ½ Teelöffel Salz
- 125 g grüne Erbsen
- 60 g Rosinen
- 2 Esslöffel Kokosraspeln

Zubereitung

Die Zwiebeln in Ringe schneiden und in der Margarine goldgelb braten. Nicht rühren! Zwiebeln in eine extra Pfanne geben und beiseitestellen, Fett im Topf zurückhalten. Margarine erneut erhitzen und den gewaschenen, gut getrockneten Reis dazugeben und unter ständigem Rühren bei mittlerer Hitze 3 bis 4 Minuten braten, bis der Reis glasig ist. Mit Wasser auffüllen, so dass der Reis gut bedeckt ist. Umrühren und einmal aufkochen lassen. Salz, Erbsen und die gewaschenen Rosinen dazugeben, umrühren und mit Deckel zudecken. Hitze auf kleinste Stufe stellen und den Reis ausquellen lassen. Falls nötig, noch ein wenig Wasser nachgießen. Vor dem Servieren mit den gebratenen Zwiebelringen und den Kokosraspeln bestreuen.

Fleisch – zweimal in den Topf

Zutaten:

- 800 bis 900 g Schweinekotelett (am Stück)
- Salz
- 1 Teelöffel Zucker
- 2 Esslöffel Öl
- 4 Knoblauchzehen
- 1 große Zwiebel
- ½ Teelöffel scharfer Paprika
- 2 Esslöffel Erwa-Speisewürze bzw. Maggi oder Sojasoße je nach Geschmack
- 2 Esslöffel Ingwerpulver

Zubereitung:

Das Fleisch mit Wasser zum Kochen bringen, Salz und Zucker hinzufügen und ca. 1 Stunde leicht weiterköcheln lassen. Dann das Fleisch aus der Brühe herausnehmen und die Knochen auslösen. (Die Knochen in der Brühe noch ca. eine Stunde weiter kochen lassen und die Brühe für andere Zwecke z.B. Suppe verwenden.)

Nachdem das Fleisch richtig ausgekühlt ist, gegen die Faser in etwa ½ cm dicke, 5 cm lange und 2,5 cm breite Stücke schneiden. Danach das Öl in einer

Pfanne erhitzen und den kleingeschnittenen Knoblauch darin leicht bräunen und sofort das Fleisch dazugeben und von allen Seiten scharf anbraten. Zuletzt die kleingeschnittenen Zwiebeln, Paprika und Ingwerpulver dazugeben, mit Maggi oder Sojasoße würzen. Das Ganze zugedeckt noch etwa 5 bis 10 Minuten gar dünsten lassen und anschließend sofort mit dem Reis und unbedingt mit Chutney! servieren.

Apfel-Chutney

Zutaten

- 1 ½ kg Äpfel
- 1 kg grüne und rote Paprikaschoten
- 375 g Zucker
- 250 g Rosinen
- ½ l Weinessig
- 60 g Salz
- 15 g Ingwerpulver
- 1 Knoblauchzehe
- 15 g Senfkörner
- 1 Teelöffel scharfer Paprika

Zubereitung

Die geschälten Äpfel und die entkernten Paprikafrüchte in dicke Scheiben schneiden. Alles in einen großen Topf geben und zusammen mit dem Zucker, den Rosinen und dem Essig so lange kochen, bis ein dickflüssiger Brei entsteht. Danach Salz, Ingwerpulver, den fein zerdrückten Knoblauch, Senfkörner und das Paprikapulver unterrühren. Nochmal alles aufkochen lassen. Vom Herd nehmen und nach dem Erkalten mehrere Tage zugedeckt stehen lassen und gelegentlich umrühren. In sterile Gläser füllen und fest zuschrauben, dann hält es sich mehrere Jahre, aber meistens wird es im Laufe eines Jahres gegessen, so dass in jedem Herbst aufs neue Chutney gekocht wird. Auch andere Früchte sind dafür geeignet, ausprobiert haben wir schon Stachelbeeren, Rhabarber und auch Tomaten. Fertig kaufen kann man ein Teil dieser Köstlichkeiten natürlich auch, zum Beispiel Mango-Chutney, aber nichts geht über unser selbstgekochtes Apfel- Chutney. Gutes Gelingen und guten Appetit!

Danksagung

Danke sage ich zuallererst meiner Familie, die mich zum Schreiben der Geschichten inspirierte. Mein ganz besonderer Dank gilt meinem Mann, der mich mit viel Geduld in allen Phasen der Buchentstehung unterstützt hat. Meinem Sohn Marian, der das Projekt von Anfang begleitet hat, danke ich für das Layout und die Gestaltung des Covers. Der Dank geht auch an Volker für sein kritisches, aber sehr hilfreiches Lektorat, ebenso an die Testleser Steffi und Anette.

Herzlichen Dank sage ich auch den Mitgliedern des Mühlhäuser Autorenkreises. Und vor allem danke ich natürlich meinen treuen Lesern.

Über die Autorin:

Elisabeth Weber wurde 1951 in Heyerode/Eichsfeld geboren. Sie studierte am Institut für Lehrerbildung in Nordhausen und erwarb 1971 den Abschluss als Grundschullehrerin. Vierzig Jahre lang arbeitete sie an verschiedenen Thüringer Schulen, ehe sie 2011 in den Ruhestand wechselte. Seitdem widmet sie sich dem Schreiben und nahm erfolgreich an literarischen Wettbewerben teil.

Sie ist Mitglied im Mühlhäuser Autorenkreis und pflegt regelmäßigen Kontakt zu einer Gruppe schreibender Senioren in Leipzig. Im Rahmen dieser Arbeit veröffentlichte sie Geschichten und Gedichte in verschiedenen Anthologien.

Anfang 2019 erschien ihr erstes Buch „Zeugnisse", das als autobiographische Erzählung die spannende Zeit zwischen 1989 und 2000 in den Mittelpunkt stellt. In ihrem 2021 erschienenen Buch „Montags kommt keine Post" thematisiert die Autorin ihre Erfahrungen im Umgang mit ihrer Brustkrebserkrankung.

Bisher erschienen:

ZEUGNISSE – Autobiographische Erzählung
ISBN: 978-3-95894-112-0, 2019 OMNINO Verlag,
Berlin

MONTAGS KOMMT KEINE POST – Leben
zwischen A wie Angst und Z wie Zuversicht
ISBN: 978-3-7534-7970-5, 2021 BoD Books on
Demand, Norderstedt